Iridame

sema

ma'ma

hmali

阿美語｜泰雅語｜排灣語｜布農語｜魯凱語

動 詞 變 化 20 +

撰　文

施朝凱

Abus Ismahasan / 林美芳

Balenge Thalrimaraw / 巴冷・沙里馬勞

Bavan Balincinan / 陳立渝

eleng galang / 陳韻

giljegiljaw matalaq / 陸飛堯

kaljalju galjayulan / 黃天吟

kedrui pakalingulj / 尤芷琳

ljavaus ruvaniaw / 何書媞

lukulj madjaqas / 周容安

Omi / 劉安

tjinuai azangiljang / 基努艾・阿薩歆嵐恩

Yukan Maray / 林孝緒

Yukan Masa / 許雍

 國立高雄師範大學語言與文化學士原住民專班

■ 國家圖書館出版品預行編目（CIP）資料

阿美語、泰雅語、排灣語、布農語、魯凱語動詞變化20+ / 施
朝凱, Abus Ismahasan(林美芳), Balenge Thalrimaraw(巴冷.沙里
馬勞), Bvan Balincinan(陳立渝), eleng galang(陳韻), giljegiljaw
matalaq(陳飛堯), kaljalju galjayulan(黃天吟), kedrui pakalingulj(尤
芷琳), ljavaus ruvaniaw(何書媞), lukulj madjaqas(周容安), Omi(劉
安), tjinuai azangiljang(基努艾.阿薩歆嵐恩), Yukan Maray(林孝
緒), Yukan Masa(許雍)撰文. -- 初版. -- 高雄市：國立高雄師範大
學語言與文化學士原住民專班, 2022.07
　　面；　　公分
　ISBN 978-986-99220-1-2（平裝）

1.CST: 臺灣原住民族語言 2.CST: 動詞

803.99　　　　　　　　　　　111009847

阿美語、泰雅語、排灣語、布農語、魯凱語動詞變化20+

初版一刷・2022年7月

語言與文化學士原住民專班教材

撰　　文・施朝凱、Abus Ismahasan（林美芳）、Balenge
　　　　　 Thalrimaraw（巴冷·沙里馬勞）、Bavan
　　　　　 Balincinan（陳立渝）、eleng galang（陳韻）、
　　　　　 giljegiljaw matalaq（陸飛堯）、kaljalju galjayulan
　　　　　（黃天吟）、kedrui pakalingulj（尤芷琳）、ljavaus
　　　　　 ruvaniaw（何書媞）、lukulj madjaqas（周容
　　　　　 安）、Omi（劉安）、tjinuai azangiljang（基努艾·
　　　　　 阿薩歆嵐恩）、Yukan Maray（林孝緒）、Yukan
　　　　　 Masa（許雍）
封面繪圖・Yukan Maray（林孝緒）
經費來源・原住民族委員會
出 版 者・國立高雄師範大學語言與文化學士原住民專班
　　　　　 地址：802高雄市苓雅區和平一路116號
　　　　　 電話：07-7172930轉2531
　　　　　 傳眞：07-7111951
　　　　　 電子信箱：uo@nknu.edu.tw
承　　印・麗文文化事業股份有限公司
　　　　　 地址：802高雄市苓雅區五福一路57號2樓之2
　　　　　 電話：07-2265267
　　　　　 傳眞：07-2264697

定價：350 元

致謝辭

　　我們在此衷心感激眾多愛護語文班孩子們的長輩們及老師們慷慨無私地提供寶貴的族語指導和諮詢，獻上我們深深的敬意：

　　Farangaw Amis（馬蘭阿美語）族語諮詢：Suing（王月琴）女士、Eycyang（黃惠貞）女士

　　Squliq Atayal（賽考利克泰雅語）族語諮詢：Maray Yukan 先生、李貴蘭女士

　　Paiwan（排灣語）族語諮詢：（按族語字母排列）audran rugerug（廖進花）女士、kai pakalingulj（廖桂蘭）女士、lavuras galang（陳順歸）女士、ljavaus taljulivak（柳柳美）老師、ljebaw azangiljang（趙美英）女士、quljingai pasulivai（郭芳儀）女士、sakenge rugerug（廖桂香）女士、sauniyaw azangiljang（趙菊美）女士、sudipaw patjereljaw（王清英）女士、vavauni matalaq（陸玉蘭）老師、veneng ruvaniaw（何淑貞）女士

　　Vedai Rukai（霧台魯凱語）族語諮詢：Pulaludhane（唐耀明）先生、Palrese（柯秋美）女士

施朝凱、Abus Ismahasan（林美芳）、Balenge Thalrimaraw（巴冷‧沙里馬勞）、Bavan Balincinan（陳立渝）、eleng galang（陳韻）、giljegiljaw matalaq（陸飛堯）、kaljalju galjayulan（黃天吟）、kedrui pakalingulj（尤芷琳）、ljavaus ruvaniaw（何書媞）、lukulj madjaqas（周容安）、Omi（劉安）、tjinuai azangiljang（基努艾‧阿薩敘嵐恩）、Yukan Maray（林孝緒）、Yukan Masa（許雍）

敬上

2022 年 5 月

目錄

前言

　　從中級進到中高級，對許多考生來說一直是個不小的門檻。若就考試內容而言，出現中級所沒有的題型，考生因而熟悉度和掌握度不夠，是其中一個因素。進一步就題型而論，閱讀測驗中的語言結構題是難點之一，其考點有幾類，一是考格位標記，二是考代名詞的形式（主要是格位），三是考連接詞（判斷前後子句之間的邏輯關係），四是動詞的詞形變化（如動詞焦點／語態變化或者時貌語氣的構詞）。整體看起來，第四類占的比例較多，而且似乎也是考生在準備上較難找到著力點突破的語法點。

　　針對上述第四類，歸結起來，具體原因可能有以下幾個方面。一是所考的關鍵動詞詞根雖在學習詞表範圍內，但學習詞表本身只列某一形式（多半是作為 citation form 的主事焦點及／或主動語態），而上課教材（如《九階》、《生活會話篇》、《文化篇》等）雖可能出現動詞焦點或時態的變化形，卻常因教材本身在設計規劃上的考量而散見各處，詞表中未必有統合性的條列整理。其二，新版學習詞表固然增列分級，可惜有一個小缺憾，那就是缺乏與詞條相關的例句，因而無法提供考生該詞條用法的指引或參考。我們知道就句子層次來說，謂語／述語（predicate）是核心，尤其是動詞，不僅決定名詞或子句的數目和語意（論元結構〔argument structure〕），而且以臺灣南島語的句法特色來說，動詞的焦點形式也決定了格位標記（case markers）的使用和代名詞形式的選擇。一言以蔽之，格位和動詞焦點是初階學習者進到中階要攀上的大山。由以觀之，解決了第四類的問題，同時也一併解決了第一、二類的考點；換言之，學習者或考生在掌握動詞焦點的同時，也應當學會其名詞論元搭配什麼格位標記，可以以何種形式的代名詞取代之。

　　以上也是我們規劃這本動詞手冊的初衷，期盼能具體提供一種補充

講義，針對學習族語動詞所遭遇的瓶頸，從旁協助和陪伴想要通過中高級的考生。是以，本書從財團法人原住民族語言研究發展基金會所公布的新版學習詞表出發，因為學習詞表是許多考生必讀的詞彙表，也是族語認證測驗明定的出題範圍憑依之一。我們知道，學習詞表所收錄的動詞詞條高達 483 個，廣泛分布在 20 類之多（詞表類別有 36 種）。本書囿於時間與經費，雖僅能擷取其中的 20 個動詞詞條，且只以五種族語為例，來列出衍生形與相關之例句，惟願本書搭建出一個架構，待日後繼續撰寫滿全，抑或能拋磚引玉，作為其他族語發展相關族語認證測驗補充教材的參考。

　　本書的完成是高雄師範大學語言與文化學士原住民專班大三學生透過修習 2022 年春季開設的「原住民族語教材編寫」課程，集體合作努力完成的心血結晶。學生們的族裔語言（heritage languages）有 Farangaw Amis（馬蘭阿美語）、宜蘭 Squliq Atayal（賽考利克泰雅語）、排灣語（北排、中排、南排、東排方言）、高雄 Isbubukun Bunun（郡群布農語）、Vedai Rukai（霧台魯凱語），因此本書就是立基於這幾個語言。參與出版的同學們懷著對自己族語的使命感，在極有限的時間內一邊吸收語言學知識，一邊應用所學撰寫的衍生形與例句並向部落長輩及老師請教。

　　以下簡要說明本書的規劃與內容要點。

　　一、首先是選詞考量。本書定睛在前述第四類考點，因此詞彙以具有兩個以上的焦點形態的動詞為優先，而這自然會聚焦在及物（transitive）動詞（帶兩個論元以上的動詞），而不會是典型的一元／不及物（one-place／intransitive）動詞。以此，就單個詞條而言，除了先列出其詞根或基本（使動）詞幹形，衍生形的排列以基本的焦點形為優先，其次再列出使動形（可能是其一或其二種焦點變化），最後是和動詞焦點詞綴有關的名物化；限於篇幅，本書每一詞條至多列出四種衍生形。

　　二、既然本書的要旨是希望能輔助考生通過中高級，因此選詞自然以中高級詞彙為優先，而且礙於本書只處理學習詞表中的 20 個動詞，因此我們盡量在 20 類中都選到一詞，以求類別的均衡和涵蓋度，同時考量動詞分類的代表性，因此本書不僅收有二元（two-place／dyadic）動詞，也收有三元（three-place／triadic）動詞，還考量詞彙的文化意義，因此我們決定將學習詞表僅分有類別但未實際收錄成詞條的「狩獵」一詞編寫進來。

　　三、關於全書詞條主目之間的排序。除了學習詞表原序號，我們同時權衡詞條之間的語意關聯性、構詞關係以及族語認證分級，例如「吃」的序號雖後於「餵食」，而且前者是初級詞彙，後者是中級詞彙，但就幾個族語的構詞來說，後者是以前者為詞根加綴而成，而且兩者有語意關聯性，所以我們將「吃」排於「餵食」之前，而且讓兩者緊鄰。

　　四、我們將例句切成四行：第一行是現行通用的族語書寫形式；第二行是分析行，主要是將族語按照構詞進行切分，因此不一定和表面的語音形式或第一行的書寫形式一致；第三行是針對第二行的每個詞素（morpheme）逐一進行語法註解與分析，很多是參考 2018 年由原民會出版的幾個族語的《語法概論》或其他相關專書及論文（詳見書末參考書目）；第四行是該例句的漢語直譯。這裡要特別說明的是，某些術語為求本書呈現上的一致性，並不一定完全按照個別《語法概論》所用的術語，例如本書泰雅語部分所標註的「參考焦點」即是《語法概論》中所稱的「周邊焦點」等。

　　五、每條詞項內，詞根和其衍生形之下都針對詞類、論元結構、語法關係、格位進行標註，而且每個衍生形還標註及物性以及是否收錄於學習詞表等資訊。

吃

Farangaw 馬蘭阿美語

1. kaen 吃

動作動詞附著詞根形

論元結構：主事者名詞＋受事者名詞

學習詞表：序號 786、編號 27-01、分類 27 飲食、初級

1.1 komaen 吃

動作動詞主事焦點形；及物

論元結構：<u>主事者（主詞／主格）</u>＋受事者（受詞／斜格）

學習詞表：未收

（1-1）Maolah ci Kolas a komaen to foting.

ma-olah	<u>ci</u>	<u>Kolas</u>	a	**k<om>aen**	to	foting
主事焦點 - 喜歡	主格	人名	連繫詞	＜主事焦點＞吃	斜格	魚

Kolas 很喜歡吃魚。

1.2 kaenen 吃（吧）

動作動詞受事焦點；及物

論元結構：主事者（語意主詞／屬格）＋<u>受事者（語法主詞／主格）</u>

學習詞表：未收

（1-2）Aka kaenen ko fonga!

aka	**kaen-en**	<u>ko</u>	<u>fonga</u>
不要	吃 - 受事焦點	主格	地瓜

不要吃地瓜。

1.3 makaen 被吃

動作動詞受事焦點；及物

論元結構：主事者（語意主詞／屬格）+受事者（語法主詞／主格）

學習詞表：未收

（1-3）Makaen no lotong ko pawli.

ma-kaen	no	lotong	<u>ko</u>	<u>pawli</u>
受事焦點 - 吃	屬格	猴子	主格	香蕉

香蕉被猴子吃。

1.4 kakaenen 要吃的東西／食物

名詞

受事焦點名物化

學習詞表：無

（1-4）Milapot kako to kakaenen no fafoy.

mi-lapot	kako	to	**ka-kaen-en**	no	fafoy
主事焦點 - 地瓜葉	我 . 主格	斜格	重疊 - 吃 - 受事焦點	屬格	豬

採豬要吃的地瓜葉。

Squliq Atayal 賽考利克泰雅語

1. qaniq 吃
動作動詞詞根形
論元結構：主事者名詞＋受事者名詞

1.1 maniq 吃
動作動詞主事焦點形；及物
論元結構：<u>主事者（主詞／主格）</u>＋受事者（受詞）
學習詞表：序號 786、編號 27-01、分類 27 飲食、初級

（1-1）wal su' maniq la, Yukan?

wal=<u>su'</u>	**maniq**	la	Yukan
完成＝你.主格	主事焦點.吃	了	人名

Yukan，你吃了嗎？

1.2 niqun 吃
動作動詞受事焦點；及物
論元結構：主事者（語意主詞／屬格）＋<u>受事者（語法主詞／主格）</u>
學習詞表：未收

（1-2）nanu niqun su' kira?

<u>nanu</u>	**niq-un**=su'	kira
什麼	吃 - 受事焦點 ＝你.屬格	之後

你待會兒吃什麼？

1.3 sqaniq 用……吃
動作動詞參考焦點形；及物
論元結構：主事者（語意主詞／屬格）＋受事者（受詞）＋<u>工具（語法主詞／主格）</u>

學習詞表：未收

（1-3）nanu sqaniq su' mami?

nanu	s-qaniq=su'		mami
什麼	參考焦點 - 吃 = 你 . 屬格		飯

你要用什麼吃飯？

1.4 nniqan 餐廳

名詞

處所焦點名物化

學習詞表：未收

（1-4）cyux inu qu nniqan nha?

cyux	inu	qu	n-niq-an=nha
在	哪裡	主格	重疊 - 吃 - 處所焦點 = 他們 . 屬格

他們在哪一間餐廳？

Paiwan 排灣語

1. kan 吃

動作動詞附著詞根形

論元結構：主事者名詞 + 受事者名詞

1.1 keman 吃

動作動詞主事焦點形；及物

論元結構：<u>主事者（主詞／主格）</u> + 受事者（受詞／斜格）

學習詞表：序號 800、編號 27-15、分類 27 飲食、初級

（1-1）keman aken ta cengelj i gakku.

k\<em\>an=<u>aken</u>		ta	cengelj	i	gakku
＜主事焦點＞吃＝主格 . 我		斜格	午餐	在	學校

我在學校吃午餐。

1.2 kanen 被吃

動作動詞受事焦點；及物動詞

論元結構：主事者（語意主詞／屬格） + <u>受事者（語法主詞／主格）</u>

學習詞表：未收

（1-2）kanen nua qatjuvitjuvi azua ljaceng.

kan-en	nua	qatjuvitjuvi	<u>a</u>	zua	ljaceng
吃 - 受事焦點	屬格	毛毛蟲	主格	那	菜

那個菜被毛毛蟲吃了。

1.3 sikakan 用來吃

動作動詞參考焦點形；及物動詞

論元結構：主事者（語意主詞／屬格） + <u>工具（語法主詞／主格）</u> + 受事者（受詞／斜格）

學習詞表：未收

（1-3）sikakan aicu a kizing.

si-ka-kan	a	icu	a	kizing
參考焦點 - 重疊 - 吃	主格	這	連繫詞	湯匙

湯匙是吃東西用的。

1.4 kakanen 食物

名詞

參考焦點名物化

學習詞表：未收

（1-4）izua lialiaw aravac a kakanen i siubai.

izua	lia-liaw	aravac	a	**ka-kan-en**	i	siubai
有	重疊 - 多	非常	主格	重疊 - 吃 - 受事焦點	在	商店

商店裡有很多種食物。

Isbubukun Bunun 郡群布農語

1. kaun 吃

動作動詞附著詞根形

論元結構：主事者名詞 + 受事者名詞

1.1 maun 吃

動作動詞主事焦點形；及物

論元結構：<u>主事者（主詞／主格）</u>+ 受事者（受詞／斜格）

學習詞表：序號 786、編號 27-01、分類 27 飲食、初級

（1-1）maun a uvaaz a mas haising.

maun	a	<u>uvaaz=a</u>	mas	haising
主事焦點.吃	主格	孩子＝指示詞	斜格	飯

那個孩子在吃飯。

1.2 kaunun 被吃

動作動詞受事焦點；及物

論元結構：主事者（語意主詞／屬格）+ <u>受事者（語法主詞／主格）</u>

學習詞表：未收

（1-2）kaununin a haising mas Bavan cia.

kaun-un=in	<u>a</u>	<u>haising</u>	mas	Bavan=cia
吃-受事焦點＝完成貌	主格	飯	斜格	男名＝指示詞

Bavan 把飯吃完了。

1.3 iskaun 用來吃

動作動詞參考焦點形；及物

論元結構：主事者（語意主詞／屬格）+ <u>工具（語法主詞／主格）</u> + 受事者（受詞／斜格）

學習詞表：未收

（1-3）iskaun ku a halcis mas iskaan.

is-kaun=ku		a	halcis	mas	iskaan
參考焦點 - 吃＝我 . 屬格	主格	筷子	斜格	魚

我用筷子吃魚。

1.4 kakaunan 餐廳

名詞

處所焦點名物化

學習詞表：未收

（1-4）isia a Bavan kakaunan cia maun mas utan.

isia	a	Bavan	**kakaunan**=cia	maun	mas	utan
在	主格	男名	餐廳＝指示詞	主事焦點 . 吃	斜格	地瓜

Bavan 在餐廳吃地瓜。

Vedai Rukai 霧台魯凱語

1. kane 吃

動作動詞詞根形

論元結構：主事者名詞＋受事者名詞

學習詞表：序號 786、編號 27-01、分類 27 飲食、初級

1.1 wakane ／ lrikane 吃

動作動詞主動語態；及物

論元結構：主事者（主詞／主格）＋受事者（受詞／斜格）

學習詞表：未收

（1-1）wakane ka ina ku kange.

w-a-kane	ka	ina	ku	kange
主動 - 實現 - 吃	主格	媽媽	斜格	魚

媽媽有吃魚。

1.2 kiakane ／ lrikikane 被吃

動作動詞被動語態；不及物

論元結構：主事者（語意主詞／斜格）＋受事者（語法主詞／主格）

學習詞表：未收

（1-2）kiakanenga ku kange ki ina.

ki-a-kane-nga	ku	kange	ki	ina
被動 - 實現 - 吃 - 了	主格	魚	斜格	媽媽

媽媽有吃魚。

1.3 takaneane 吃的結果、吃的程度、吃的地方

名詞

受事名物化

學習詞表：未收

（1-3）mabucukaku kay takaneaneli.

ma-bucuku-<u>aku</u>	kay	ta-kane-ane-li
靜態 - 飽 - 我 . 主格	這	受事 - 吃 - 名物化 - 我 . 屬格

我吃得很飽。

1.4 akaneane 食物

名詞

受事名物化

學習詞表：未收

（1-4）wapakanaku kwini akaneane ki waudrudripi ki tawpungu.

w-a-pa-kana-<u>aku</u>	kwini	a-kane-ane
主動 - 實現 - 使動 - 吃 - 我 . 主格	那	受事 - 吃 - 名物化

ki	waudrudripi	ki	tawpungu
斜格	動物	斜格	狗

我餵狗吃飼料。

餵食

Farangaw 馬蘭阿美語

2. pakaen 餵；給東西吃

動作動詞使動形附著詞幹；及物

論元結構：使動者名詞（餵的人）+ 受動者名詞（吃的人）+ 受役者名詞（食物）

學習詞表：未收

2.1 pakaen 餵

使動動作動詞主事焦點形；及物

論元結構：<u>使動者（主詞／主格）</u>+ 受動者（受詞／斜格）+ 受役者（受詞／斜格）

學習詞表：序號 757 ／ 898、編號 26-77 ／ 30-57、分類 26 肢體動作／ 30 生活作息、中級

（2-1）Pakaen kako to kolong.

pa-kaen	<u>kako</u>	to	kolong
使動 - 吃	我 . 主格	斜格	牛

我在餵牛。

2.2 pakaenen 吃

使動動作動詞受事焦點；及物

論元結構：使動者（語意主詞／屬格）+ <u>受動者（語法主詞／主格）</u>+ 受役者（受詞／斜格）

學習詞表：未收

（2-2）Adihay ko maymay nipakaenen ni Ina ako.

adihay <u>ko　maymay</u> ni-**pa-kaen-en**　　　　　ni　Ina=ako

很多　主格　鴨子　　NI- 使動 - 吃 - 受事焦點　屬格　媽媽 = 我 . 屬格

我媽媽養了很多的鴨子。

2.3 sapakaen 用來餵

使動動作動詞工具施用形；及物

論元結構：使動者（語意主詞／屬格）+ 受動者（受詞／斜格）+ <u>受役</u>
<u>者（受詞／語法主詞／主格）</u>

學習詞表：未收

（2-3）O lapot ko sapakaen to fafoy.

<u>o　　　　　lapot</u>　　　ko　**sa-pa-kaen**　　　　　to　　fafoy

名詞類別　地瓜莖葉　主格　工具施用 - 使動 - 吃　斜格　豬

地瓜葉是用來餵豬的。

2.4 papikaenen 請吃

弱使動動作動詞受事焦點；及物

論元結構：使動者（語意主詞／屬格）+ <u>受動者（語法主詞／主格）</u>+
受役者（受詞／斜格）

學習詞表：未收

（2-4）Papikaenen ako ci Panay to pawli.

pa-pi-kaen-en=ako　　　　　　　<u>ci　Panay</u>　to　　pawli

使動 -PI- 吃 - 受事焦點 = 我 . 屬格　主格　人名　斜格　香蕉

我要請 Panay 去吃香蕉。

Squliq Atayal 賽考利克泰雅語

2. pqaniq 餵食

動作動詞使動形詞幹；及物

論元結構：使動者名詞（餵的人）+ 受動者名詞（吃的人）+ 受役者名
　　詞（食物）

學習詞表：序號 757、編號 26-77、分類 26 肢體動作、中級

2.1 pqaniq 餵食

使動動作動詞主事焦點形；及物

論元結構：使動者（主詞／主格）+ 受動者（受詞）+ 受役者（受詞）

學習詞表：序號 757、編號 26-77、分類 26 肢體動作、中級

（2-1）pqaniq mami qu 'laqi qasa.

p-qaniq	mami	qu	'laqi	qasa
主事焦點 . 使動 - 吃	飯	主格	小孩	那個

餵飯給那個孩子。

2.2 pniqun 餵

使動動作動詞受事焦點；及物

論元結構：使動者（語意主詞／屬格）+ 受動者（語法主詞／主格）+
　　受役者（受詞）

學習詞表：未收

（2-2）pniqun maku' mami qu 'laqi qani.

p-niq-un=maku'		mami	qu	'laqi	qani
使動 - 吃 - 受事焦點 .= 我 . 屬格	飯	主格	小孩	這	

我餵飯給這個孩子。

2.3 spqaniq 用……餵

使動動作動詞參考焦點形；及物

論元結構：使動者（語意主詞／屬格）＋受動者（受詞）＋<u>受役者（語法主詞／主格）</u>

學習詞表：未收

（2-3）spqaniq maku' bnkis waway qu qqway.

s-p-qaniq=maku'		bnkis	waway	qu	qqway
參考焦點 - 使動 - 吃 = 我 . 屬格	老人	麵	主格	筷子

我用筷子餵麵給老人。

2.4 pniqi 餵

使動動作動詞受事焦點命令形；及物

論元結構：使動者（語意主詞／屬格）＋<u>受動者（語法主詞／主格）</u>＋受役者（受詞）

學習詞表：未收

（2-4）pniqi uba mami qu llaqi.

p-niq-i		uba-mami	qu	l-laqi
使動 - 吃 - 命令 . 受事焦點	泡沫 - 飯	主格	重疊 - 孩子

我餵稀飯給孩子們。

Paiwan 排灣語

2. pakan 餵食

動作動詞使動形詞幹

論元結構：使動者名詞（餵的人）＋受動者名詞（吃的人）＋受役者名
　　詞（食物）

2.1 pakan 餵食

使動動作動詞主事焦點形；及物

論元結構：<u>使動者（主詞／主格）</u>＋受動者（受詞／斜格）＋受役者（受
　　詞／斜格）

學習詞表：序號 757、編號 26-77、分類 26 肢體動作、中級

（2-1）uri pakan tua qali nimadju ti kama.

uri	**pa-kan**	tua	qali	nimadju	ti	kama
非實現	使動 - 吃	斜格	朋友（男性）	屬格 . 他	主格	爸爸

爸爸要請朋友吃飯。

2.2 pakanan 給……吃

使動動作動詞處所焦點；及物

論元結構：使動者（語意主詞／屬格）＋<u>受動者（語法主詞／主格）</u>＋
　　受役者（受詞／斜格）

學習詞表：未收

（2-2）uri ku pakanan a ku kaka tua zua vurati.

uri	ku=**pakan-an**	a	ku=kaka	tua
非實現	屬格 . 我 = 餵食 - 處所焦點	主格	屬格 . 我 = 弟弟	斜格

zua	vurati
那	地瓜

我要給弟弟吃地瓜。

2.3 sipakan 用來吃

使動動作動詞參考焦點形；及物

論元結構：使動者（語意主詞／屬格）＋受動者（受詞／斜格）＋<u>受役者（語法主詞／主格）</u>

學習詞表：未收

（2-3）uri ku sipakan tua ljavingan azua veljevelj.

uri	ku=si-pakan		tua	ljavingan	a	zua
非實現	屬格.我＝參考焦點-餵食		斜格	猴子	主格	那

veljevelj
香蕉

那是我要給猴子吃的香蕉。

Isbubukun Bunun 郡群布農語

2. pakaun 餵食

動作動詞使動形附著詞幹；及物

論元結構：使動者名詞（餵的人）+ 受動者名詞（吃的人）+ 受役者名詞（食物）

2.1 mapakaun 餵食

使動動作動詞主事焦點形；及物

論元結構：<u>使動者（主詞／主格）</u>+ 受動者（受詞／斜格）+ 受役者（受詞／斜格）

學習詞表：序號 757、編號 26-77、分類 26 肢體動作、中級

（2-1）mapakaun cina mas uvaaz cia utan.

ma-pa-kaun	<u>cina</u>	mas	<u>uvaaz=cia</u>	utan
主事焦點 - 使動 - 餵食	媽媽	斜格	孩子 = 指示詞	地瓜

媽媽餵地瓜給孩子吃。

2.2 pakaunan 餵食（給吃）

使動動作動詞處所焦點；及物

論元結構：使動者（語意主詞／屬格）+ <u>受動者（語法主詞／主格）</u>+ 受役者（受詞／斜格）

學習詞表：未收

（2-2）pakaunan cina cia uvaaz a mas cici.

pa-kaun-an	cina=cia	<u>uvaaz=a</u>	mas	cici
使動 - 吃 - 處所焦點	媽媽 = 指示詞	孩子 = 指示詞	斜格	肉

媽媽餵孩子吃肉。

2.3 ispakaun 把……給……吃

使動動作動詞參考焦點形；及物

論元結構：使動者（語意主詞／屬格）＋受動者（受詞／斜格）＋<u>受役者（語法主詞／主格）</u>

學習詞表：未收

（2-3）ispakaun cina cia cici mas uvaaz.

is-pa-kaun	cina=cia	<u>cici</u>	mas	uvaaz
參考焦點 - 使動 - 吃	媽媽 = 指示詞	肉	斜格	孩子

媽媽把肉給孩子吃。

2.4 ispapakaun 餵食（常用以餵食的工具）

名詞

參考焦點名物化

學習詞表：未收

（2-4）ispapakaun a hai itu Bavan cia.

is-pa-pa-kaun=a		hai	itu=Bavan=cia
參考焦點 - 重疊 - 使動 - 吃 = 指示詞		主題	所有格 = 男名 = 指示詞

吃飯的工具是 Bavan 的。

Vedai Rukai 霧台魯凱語

2. pakane 餵食

動作動詞使動形詞幹;及物

論元結構:使動者名詞(餵的人)+ 受動者名詞(吃的人)+ 受役者名詞(食物)

學習詞表:未收

2.1 wapakane ／ lripakane 餵食

動作動詞主動語態;及物

論元結構:<u>使動者(主詞／主格)</u>+ 受動者(受詞／斜格)+ 受役者(受詞／斜格)

學習詞表:序號 757、編號 26-77、分類 26 肢體動作、中級

(2-1)wapakanaku ki tawpungu.

<u>w-a-pa-kane</u>-aku			ki	tawpungu
主動 - 實現 - 吃 - 我 . 主格			斜格	狗

我有餵狗。

2.2 kipakane ／ lrikipakane 被餵

動作動詞被動語態;不及物

論元結構:使動者(語意主詞／斜格)+ <u>受動者(語法主詞／主格)</u>+ 受役者(受詞／斜格)

學習詞表:未收

(2-2)kiapakanaku ku tai ki kayngu.

<u>ki-a-pa-kane</u>-aku		ku	tai	ki	kayngu
被動 - 實現 - 吃 - 我 . 主格		斜格	芋頭	斜格	祖母

祖母有給我吃芋頭。

2.3 pakana 請餵

使動動作動詞主動態命令形；及物

論元結構：<u>使動者（主詞／主格）</u>＋受動者（受詞／斜格）＋受役者（受詞／斜格）

學習詞表：未收

（2-3）pakana kwini akaneane ki waudrudripi ki tawpungu.

pa-kane-a	kwini	a-kane-ane	ki	waudrudripi
使動-吃-主動.命令	那	受事-吃-名物化	斜格	動物

ki	tawpungu
斜格	狗

（請）餵狗吃飼料。

2.4 sapakaneane 餵的工具

名詞

工具名物化

學習詞表：未收

（2-4）kwini akaneane ka sapakaneane ki tawpungu.

kwini	akaneane	ka	**sa-pa-kane-ane**	ki	tawpungu
那	食物	主格	工具-使動-吃-名物化	斜格	狗

那個食物是用來餵狗的。

喝

Farangaw 馬蘭阿美語

3. nanom 水
名詞
學習詞表：序號 511、編號 21-02、分類 21 食物（非植物）、初級

3.1 minanom 喝水
動作動詞主事焦點形；及物
論元結構：<u>主事者（主詞／主格）</u>
學習詞表：序號 788 ／ 902、編號 27-03 ／ 30-61、分類 27 飲食／ 30 生活作息、中高級

（3-1）Aka pihinokop a minanom.

aka	pi-hinokop	a	**mi-nanom**
不要	PI- 趴	連繫詞	主事焦點 - 水

不要趴著喝水。

3.2 pinanoman 喝水（的地方）
動作動詞處所施用形；及物
論元結構：主事者（語意主詞／屬格）+ <u>處所（語法主詞／主格）</u>
學習詞表：未收

（3-2）O tefon ko pinanoman niyam.

<u>o</u>	<u>tefon</u>	ko	**pi-nanom-an**	niyam
名詞類別	水井	主格	PI- 水 - 處所施用	我們 . 排除式 . 屬格

水井是我們用來喝水的地方。

3.3 sapinanom 用來喝

動作動詞參考焦點形；及物

論元結構：主事者（語意主詞／屬格）+ <u>工具（語法主詞／主格）</u>+ 受
　　事者（受詞／斜格）

學習詞表：未收

（3-3）O kopo ko sapinanom ni Omi.

o	kopo	ko	**sa-pi-nanom**	ni	Omi
名詞類別	水杯	主格	工具施用 -PI- 水	屬格	人名

這個水杯是 Omi 用來喝水的。

3.4 pananomen 給⋯⋯喝水

使動動作動詞受事焦點；及物

論元結構：使動者／拿水的人（語意主詞／屬格）+ <u>受動者／喝的人（語</u>
　　<u>法主詞／主格）</u>

學習詞表：未收

（3-4）Pananomen ni Kacaw ko malitengay.

pa-nanom-en	ni	Kacaw	<u>ko</u>	malitengay
使動 - 喝水 - 受事焦點	屬格	人名	主格	老人家

Kacaw 給老人家喝水。

Squliq Atayal 賽考利克泰雅語

3. nbu 喝

動作動詞詞根形

論元結構：主事者名詞＋受事者名詞

3.1 mnbu 喝

動作動詞主事焦點形；及物

論元結構：<u>主事者（主詞／主格）</u>＋受事者（受詞）

學習詞表：序號 788 ／ 902、編號 27-03 ／ 30-61、分類 27 飲食／ 30 生
活作息、中高級

（3-1）nyux saku' mnbu qsya.

nyux=<u>saku'</u>	**m-nbu**	qsya
正在＝我 . 主格	主事焦點 - 喝	水

我正在喝水。

3.2 nbun 喝

動作動詞受事焦點；及物

論元結構：主事者（語意主詞／屬格）＋<u>受事者（語法主詞／主格）</u>

學習詞表：未收

（3-2）blaq nbun qu ocya qani.

blaq	**nbu-un**	qu	ocya	qani
好	喝 - 受事焦點	主格	茶	這

這杯茶是好喝的。

3.3 nbwan 喝完

動作動詞處所焦點；及物

論元結構：主事者（語意主詞／屬格）＋<u>受事者（語法主詞／主格）</u>

學習詞表：未收

（3-3）wal maku' nbwan qu ocya la.

wal=maku'	**nbu-an**	qu	ocya	la
完成貌＝我.屬格	喝-處所焦點	主格	茶	了

我喝完這杯茶了。

3.4 snbu 用……喝

動作動詞參考焦點形；及物

論元結構：主事者（語意主詞／屬格）＋受事者（受詞）＋<u>工具（語法主詞／主格）</u>

學習詞表：未收

（3-4）snbu maku' ocya qu kopu qasa.

s-nbu=maku'		ocya	qu	kopu	qasa
參考焦點-喝＝我.屬格		茶	主格	杯子	那個

我用杯子喝那杯茶。

Paiwan 排灣語

3. tekel 喝

動作動詞附著詞根形

論元結構：主事者名詞＋受事者名詞

3.1 temekel 喝

動作動詞主事焦點形；及物

論元結構：主事者（主詞／主格）＋受事者（受詞／斜格）

學習詞表：序號 788 ／ 902、編號 27-03 ／ 30-61、分類 27 飲食／ 30 生

　　活作息、中高級

（3-1）temekel ti kina tua zaljum.

t\<em\>ekel	ti	kina	tua	zaljum
＜主事焦點＞喝	主格	媽媽	斜格	水

媽媽喝水。

3.2 tekelen 被喝

動作動詞受事焦點；及物

論元結構：主事者（語意主詞／屬格）＋受事者（語法主詞／主格）

學習詞表：未收

（3-2）tatekelen a zaljum ni tjakanaw.

ta-tekel-en	a	zaljum	ni	tjakanaw
重疊 - 喝 - 受事焦點	主格	水	屬格	男名

水被 tjakanaw 喝了。

3.3 sitekel 用來喝

動作動詞參考焦點形；及物

論元結構：主事者（語意主詞／屬格）＋工具（語法主詞／主格）＋受

事者（受詞／斜格）

學習詞表：未收

（3-3）aicu a kupu mana sitekel ni kama.

a	icu	a	kupu	mana	**si-tekel**	ni	kama
主格	這	連繫詞	杯子	就是	參考焦點 - 喝	屬格	爸爸

這個杯子是爸爸用來喝水的。

3.4 tatekelen 飲料

參考焦點名物化

名詞

學習詞表：未收

（3-4）sau, vaiku a venli tua tatekelen.

sa-u	vaik-u	a	v\<en>li	tua
去 - 祈使	去 - 祈使	連繫詞	<主事焦點>買	斜格

ta-tekel-en
前綴 - 喝 - 受事焦點

請你去買飲料。

Isbubukun Bunun 郡群布農語

3. hud 喝

動作動詞詞根形

論元結構：主事者名詞＋受事者名詞

3.1 hud 喝

動作動詞主事焦點形；及物

論元結構：<u>主事者（主詞／主格）</u>＋受事者（受詞／斜格）

學習詞表：序號 788 ／ 902、編號 27-03 ／ 30-61、分類 27 飲食／ 30 生
活作息、中高級

（3-1）mazima Bavan a hud danum.

ma-zima	<u>Bavan=a</u>	**hud**	danum
主事焦點 - 喜歡	男名＝指示詞	主事焦點 . 喝	水

Bavan 喜歡喝水。

3.2 hudan 喝

動作動詞處所焦點；及物

論元結構：主事者（語意主詞／屬格）＋<u>受事者（語法主詞／主格）</u>

學習詞表：未收

（3-2）hudan danum a Bavan cia.

hud-an	<u>danum=a</u>	Bavan=cia
喝 - 處所焦點	水＝指示詞	男名＝指示詞

水被 Bavan 喝。

3.3 ishuud 用來喝／使喝

動作動詞參考焦點形；及物

論元結構：主事者（語意主詞／屬格）＋<u>工具（語法主詞／主格）</u>＋受

事者（受詞／斜格）

學習詞表：未收

（3-3）ishuud ku kupu a danum.

is-hud=ku	kupu=a	danum
參考焦點 - 喝 = 我 . 屬格	杯子 = 指示詞	水

我用杯子喝水。

3.4 ishuhuud 喝的工具

名詞

參考焦點名物化

學習詞表：未收

（3-4）maz a ishuhuud a hai istakunav mas Bavan cia.

maz	a	**is-hu-hud**=a	hai	is-takunav
主題	主格	參考焦點 - 重疊 - 喝 = 指示詞	主題	參考焦點 - 丟

mas	Bavan =cia
斜格	男名 = 指示詞

那個喝的工具被 Bavan 丟掉了。

Vedai Rukai 霧台魯凱語

3. ungulu 喝

動作動詞詞根形

論元結構：主事者名詞＋受事者名詞

學習詞表：序號 788 ／ 902、編號 27-03 ／ 30-61、分類 27 飲食／ 30 生活作息、中高級

3.1 waungulu ／ lriungulu 喝

動作動詞主動語態；及物

論元結構：主事者（主詞／主格）＋受事者（受詞／斜格）

學習詞表：未收

（3-1）waungulu ka Balenge ki acilay.

w-a-ungulu	ka	Balenge	ki	acilay
主動 - 實現 - 喝	主格	女名	斜格	水

Balenge 喝水。

3.2 kiungulu ／ lrikiungulu 被喝

動作動詞被動語態；不及物

論元結構：主事者（語意主詞／斜格）＋受事者（語法主詞／主格）

學習詞表：未收

（3-2）kiaungulu ka acilay ki Balenge.

ki-a-ungulu	ka	acilay	ki	Balenge
被動 - 實現 - 喝	主格	水	斜格	女名

Balenge 喝水。

3.3 paungulu 給……喝

使動動作動詞主動態；及物

論元結構：<u>使動者（主詞／主格）</u>＋受動者（受詞／斜格）＋受役者（受詞／斜格）

學習詞表：未收

（3-3）wapaungulu ka Balenge ki badhabadha ki acilay.

w-a-**pa-ungulu**　　　<u>ka　Balenge</u> ki　badhabadha ki　acilay
主動-實現-使役-喝　主格 女名　　斜格 客人　　　斜格 水

Balenge 有給客人喝水。

3.4 saunguluane 飲料（用來喝的東西）

名詞

工具名物化

學習詞表：未收

（3-4）walangaysu ku saunguluane.

w-a-langay-su　　　　　　ku　　**sa-ungulu-ane**
主動-實現-買-你.主格　　斜格　　工具-喝-名物化

你有買飲料。

看

Farangaw 馬蘭阿美語

4. nengneng 看
感官動詞詞根形

論元結構：經驗者名詞＋客體名詞

學習詞表：序號 806、編號 28-03、分類 28 認知感官、初級

4.1 minengneng 正在看
感官動詞主事焦點形；及物

論元結構：<u>經驗者（主詞／主格）</u>＋客體（受詞／斜格）

學習詞表：未收

（4-1）Minengneng kako to tilifi.

<u>mi-nengneng</u>	<u>kako</u>	to	tilifi
主事焦點 - 看	我 . 主格	斜格	電視

我正在看電視。

4.2 manengneng 被看見
感官動詞受事焦點；及物

論元結構：經驗者（語意主詞／屬格）＋<u>客體（語法主詞／主格）</u>

學習詞表：未收

（4-2）Manengneng ako tosa ko fohet i kilang.

ma-nengneng=ako		tosa	<u>ko</u>	<u>fohet</u>	i	kilang
受事焦點 - 看 = 我 . 屬格		二	主格	松鼠	介係詞	樹

樹上兩隻松鼠被我看見。

4.3 nengnengen 看起來

感官動詞受事焦點；及物

論元結構：經驗者（語意主詞／屬格）+<u>客體（語法主詞／主格）</u>

學習詞表：未收

（4-3）Fangcal a nengnengen kora kaying.

fangcal	a	**nengneng-en**	ko-ra	kaying
漂亮	連繫詞	看 - 受事焦點	主格 - 那	女孩

那女孩看起來很漂亮。

4.4 sapinengneng 看

感官動詞工具施用形；及物

論元結構：經驗者（語意主詞／屬格）+<u>工具（語法主詞／主格）</u>+客體（受詞／斜格）

學習詞表：未收

（4-4）O dadingo ko sapinengneng ni fofo ako to sinfong.

o	dadingo	ko	**sa-pi-nengneng**	ni
名詞類別	鏡子	主格	工具施用 -PI- 看	屬格

fofo=ako		to	sinfong
阿公 = 我 . 屬格		斜格	報紙

這眼鏡是我阿公用來看報紙。

Squliq Atayal 賽考利克泰雅語

4. kita' 看

感官動詞詞根形

論元結構：經驗者名詞＋客體名詞

4.1 mita' 看

感官動詞主事焦點形；及物

論元結構：<u>經驗者（主詞／主格）</u>＋客體（受詞）

學習詞表：序號 806、編號 28-03、分類 28 認知感官、初級

（4-1）nyux sami mita' terebiy.

nyux=<u>sami</u>	**m-kita'**	terebiy
正在＝我們.主格	主事焦點-看	電視

我們在看電視。

4.2 kton 看

感官動詞受事焦點；及物

論元結構：經驗者（語意主詞／屬格）＋<u>客體（語法主詞／主格）</u>

學習詞表：未收

（4-2）nanu kton mamu ega shira sa?

<u>nanu</u>	kita'-un=mamu	ega	shira	sa
什麼	看-受事焦點＝屬格.你們的	影片	昨日	處所標記.那個

你們昨天看了什麼影片？

4.3 ktan 看（起來）

感官動詞處所焦點；及物

論元結構：經驗者（語意主詞／屬格）＋<u>客體（語法主詞／主格）</u>

學習詞表：序號 678、編號 25-50、分類 25 行動、初級

（4-3）yaqih balay ktan qu rqyas su'.

yaqih	balay	**kita'-an**		qu	rqyas= su'
壞	非常	看 - 處所焦點		主格	臉 = 你 . 屬格

你的臉看起來真的很特別。

4.4 skita 用……看

感官動詞參考焦點形；及物

論元結構：經驗者（語意主詞／屬格）＋客體（受詞）＋<u>工具（語法主詞／主格）</u>

學習詞表：未收

（4-4）nanu skita su' biru qani?

<u>nanu</u>	**s-kita'**=su'		biru	qani
什麼	參考焦點 . 看 = 你 . 屬格		書	這個

你用什麼看這本書？

Paiwan 排灣語

4. pacun 看

感官動詞詞根形

論元結構：經驗者名詞＋客體名詞

4.1 pacun 看

感官動詞主事焦點形；及物

論元結構：<u>經驗者（主詞／主格）</u>＋客體（受詞／斜格）

學習詞表：序號 806、編號 28-03、分類 28 認知感官、初級

（4-1）pacun ta iga ti kui.

pacun	ta	iga	<u>ti</u>	<u>kui</u>
主事焦點．看	斜格	電影	主格	男名

kui 看電影。

4.2 pacunan 被看

感官動詞處所焦點形；及物

論元結構：經驗者名詞（語意主詞／斜格）＋客體名詞（語法主詞／主格）

學習詞表：未收

（4-2）ku pacunan aicu a cukui nguanguaq aravac.

ku=pacun-an		<u>a</u>	icu a	cukui	nguanguaq	aravac
屬格．我＝看-處所焦點		主格	這 連繫詞	桌子	美好	非常

這張桌子在我看起來，很漂亮。

4.3 sipacun 用來看

感官動詞參考焦點形；及物

論元結構：經驗者（語意主詞／屬格）＋客體（受詞／斜格）＋<u>工具（語法主詞／主格）</u>

學習詞表：未收

（4-3）aicu a ta maca sipacun tua nanemanemanga.

aicu	a	ta=maca	**si-pacun**	tua
這個	連繫詞	屬格.我們.包含式＝眼睛	參考焦點-看	斜格

nanemanemanga
萬物

這是眼睛是用來看東西的。

4.4 sipapacun 給……看

使動感官動詞參考焦點形；及物

論元結構：使動者／使看的人（語意主詞／屬格）＋受動者／看的人（受
詞／斜格）＋受役者／被看的對象（語法主詞／主格）

學習詞表：未收

（4-4）ku sipapacun tjay kui a siasing.

ku=**si-pa-pacun**	tjay	kui	a	siasing
屬格.我＝參考焦點-使動-看	斜格	男名	主格	照片

我給 kui 看照片。

Isbubukun Bunun 郡群布農語

4. sadu 看

感官動詞詞根形

論元結構：經驗者名詞＋客體名詞

4.1 sadu 看

感官動詞主事焦點形；及物

論元結構：經驗者（主詞／主格）＋客體（受詞／斜格）

學習詞表：序號 806、編號 28-03、分類 28 認知感官、初級

（4-1）sadu Bavan a mas patasan.

sadu	<u>Bavan=a</u>	mas	patasan
主事焦點 . 看	男名＝指示詞	斜格	書

Bavan 在看書。

4.2 saduan 被看／看起來

感官動詞處所焦點；及物

論元結構：經驗者（語意主詞／屬格）＋<u>客體（語法主詞／主格）</u>

學習詞表：序號 678、編號 25-50、分類 25 行動、初級

（4-2）masial Bavan a saduan.

ma-sial	<u>Bavan=a</u>	**sadu-an**
主事焦點 - 好	男名＝指示詞	看 - 處所焦點

Bavan 看起來很好。

4.3 issadu 用來看

感官動詞參考焦點形；及物

論元結構：經驗者（語意主詞／屬格）＋客體（受詞／斜格）＋<u>工具（語法主詞／主格）</u>

學習詞表：未收

（4-3）migani hai issasadu mas patasan.

<u>migani</u>	hai	**is-sa-sadu**		mas	patasan
眼鏡	主題	參考焦點 - 重疊 - 看		斜格	書

眼鏡是用來看書的。

4.4 ispasadu 把……給……看

使動感官動詞參考焦點形；及物

論元結構：使動者／使看的人（語意主詞／屬格）+ 受動者／看的人（受
　　詞／斜格）+ <u>受役者／被看的對象（語法主詞／主格）</u>

學習詞表：未收

（4-4）puah hai ispasadu ku mas Bavan cia.

<u>puah</u>	hai	**is-pa-sadu**=ku		mas	Bavan=cia
花	主題	參考焦點 - 使動 - 看 = 我 . 屬格		斜格	男名 = 指示詞

這朵花我給 Bavan 看。

Vedai Rukai 霧台魯凱語

4 *dreele 看

感官動詞詞根形

論元結構：經驗者名詞＋客體名詞

學習詞表：序號 806、編號 28-03、分類 28 認知感官、初級

4.1 wadreele ／ lridreele 看

感官動詞主動語態；及物

論元結構：<u>經驗者（主詞／主格）</u>＋客體（受詞／斜格）

學習詞表：未收

（4-1）wadreelesu ku sulraw kuiya.

w-a-dreele-<u>su</u>		ku	sulraw	kuiya
主動 - 實現 - 看 - 你 . 主格	斜格	蛇		昨天

昨天你看到蛇。

4.2 kiadreele ／ lrikidreele 被看

感官動詞被動語態；不及物

論元結構：經驗者（語意主詞／斜格）＋<u>客體（語法主詞／主格）</u>

學習詞表：未收

（4-2）kiadreele ka sulraw ki Balenge kuiya.

ki-a-dreele		<u>ka</u>	sulraw	ki	Balenge	kuiya
被動 - 實現 - 看	主格	蛇	斜格	女名	昨天	

昨天 Balenge 看到蛇。

4.3 padreele 使看

使動感官動詞主動態；及物

論元結構：<u>使動者／使看的人（主詞／主格）</u>＋受動者／看的人（受詞

／斜格）＋受役者／被看的對象（受詞／斜格）

學習詞表：未收

（4-3）wapadreele ka ama ki Balenge ki cumai kuiyu.

w-a-**pa-dreele**　　　ka　ama　ki　Balenge ki　cumai kuiyu

主動 - 實現 - 使役 - 看　主格 爸爸 斜格 女名　　斜格 熊　　昨天

爸爸昨天讓 Balenge 看那隻熊。

4.4 tadreelane 看的結果

名詞

受事名物化

學習詞表：未收

（4-4）mathariri ku tadreelaneli ku iga.

ma-thariri　　　ku　　**ta-dreele-ane**-li　　　　　ku　　iga

靜態 - 美好　主格　受事 - 看 - 名物化 - 我 . 屬格　斜格　電影

我看的電影很不錯。

說

Farangaw 馬蘭阿美語

5. sowal 話語；說

名詞；言說動詞附著詞根形

論元結構：主事者名詞＋轉移客體名詞／子句

學習詞表：序號 807、編號 28-04、分類 28 感官認知、初級

5.1 pasowal 話

言說動詞主事焦點形；及物

論元結構：<u>主事者（主詞／主格）</u>＋轉移客體（受詞子句／斜格）

學習詞表：序號 814、編號 28-11、分類 28 感官認知、中高級

（5-1）Pasowal sa ci Omi, "Tayra icowa kiso?"

pa-sowal	sa	<u>ci</u>	<u>Omi</u>	tayra	icowa	kiso
PA- 話語	如是	主格	人名	去	哪裡	你 . 主格

Omi 說：「你要去哪裡？」

5.2 sowalen 說說看

言說動詞受事焦點形；及物

論元結構：主事者（語意主詞／屬格）＋<u>轉移客體（主詞子句／主格）</u>

學習詞表：未收

（5-2）Sowalen ko harateng no miso.

sowal-en	<u>ko</u>	<u>harateng</u>	<u>no</u>	<u>miso</u>
話語 - 受事焦點	主格	想法	屬格	你 . 所有格

說說你的想法。

5.3 nisowalan 説的話

名詞

處所施用名物化

學習詞表：未收

（5-3）Mafana' to kiso to nisowalan no singsi?

ma-fana'=to	kiso	to
主事焦點 - 知道 = 完成貌	你 . 主格	斜格
ni-sowal-an	no	singsi
NI- 話語 - 處所施用	屬格	老師

你知道老師說的話了嗎？

Squliq Atayal 賽考利克泰雅語

5. kal 說

言說動詞附著詞根形

論元結構：主事者名詞＋轉移客體（子句／名詞）

5.1 kmal ／ kmayal 說

言說動詞主事焦點形；及物

論元結構：<u>主事者（主詞／主格）</u>＋轉移客體（受詞）

學習詞表：序號 807、編號 28-04、分類 28 感官認知、初級

（5-1）baq saku' kmal / kmayal ke' na Tayal.

baq=saku'		k\<m>al / k\<m>ayal	ke'	na	Tayal
主事焦點 . 會＝我 . 主格	＜主事焦點＞說	話	屬格	泰雅

我會說泰雅語。

5.2 kyalun 說

言說動詞受事焦點；及物

論元結構：主事者（語意主詞／屬格）＋<u>轉移客體（語法主詞／主格）</u>

學習詞表：未收

（5-2）nanu kyalun su' pi?

<u>nanu</u>	**kyal-un**=su'		pi
什麼	說 - 受事焦點＝你 . 屬格	語助詞

你在說什麼？

5.3 kyalan 說

言說動詞處所焦點；及物

論元結構：主事者（語意主詞／屬格）＋<u>轉移客體（語法主詞／主格）</u>

學習詞表：未收

（5-3）nanu wal nha kyalan Yukan ki Xuzi hiya?

nanu	wal=nha	**kyal-an**	Yukan	ki
什麼	已經＝他們.屬格	說-處所焦點	人名	伴同格

Xuzi	hiya
人名	他

Yukan 跟 Xuzi 說了什麼？

5.4 skayal ／ skal 說

言說動詞參考焦點形；及物

論元結構：主事者（語意主詞／屬格）+ <u>轉移客體（語法主詞／主格）</u>

學習詞表：未收

（5-4）a. skayal ta zyuwaw qani kira ha.

s-kayal=ta'		zyuwaw qani	kira	ha
參考焦點-說＝我們.包含式.屬格	事情	這個	等會兒	語助詞

我們待會兒再說這件事。

b. nanu skal ta' la?

nanu	**s-kal**=ta'	la
什麼	參考焦點-說＝我們.包含式.屬格	語助詞

我們要說什麼了？

Paiwan 排灣語

5. qivu 說

言說動詞附著詞根形

論元結構：主事者名詞＋接受者名詞＋轉移客體子句

學習詞表：序號 807、編號 28-04、分類 28 感官認知、初級

5.1 qemivu 講話

言說動詞主事焦點形；不及物

論元結構：主事者（主詞／主格）

學習詞表：未收

（5-1）nu i kiukay ti vaus qemivuivu amaya kata ravar.

nu	i	kiukay	ti	vaus	q\ivu-ivu		amaya
當	在	教會	主格	女名	講＜主事焦點＞話 - 重疊		一直

kata　ravar

伴同　朋友（女生）

當 vaus 上教會會一直跟朋友講話。

5.2 qivuan 和某人講話

動作動詞處所焦點形；及物

論元結構：主事者（語意主詞／屬格）＋接受者（語法主詞／主格）

學習詞表：未收

（5-2）tima a qivuivuan ni vaus nu i kiukay?

tima	a	qivu-ivu-an		ni	vaus	nu	i	kiukay
誰	主格	說 - 重疊 - 處所焦點		屬格	女名	當	在	教會

vaus 上教會時在跟誰講話？

5.3 siqivu 説

言說動詞參考焦點形；及物

論元結構：主事者（語意主詞／屬格）＋接受者（受詞／斜格）＋<u>轉移客體（語法主詞／主格）</u>

學習詞表：未收

（5-3）uri ku siqivu tucu mana ni vuvu a milimilingan.

uri	ku=**si-qivu**			tucu	mana	ni	vuvu
非實現	屬格.我＝參考焦點-說			現在	就是	屬格	祖父／母

a	milimilingan
主格	神話傳說

我現在所說的是祖父的口傳故事。

5.4 siniqivu 説的話

名詞

參考焦點名物化

學習詞表：未收

（5-4）aicu a milimilingan mana ni vuvu siniqivu a kakudan na payuan.

aicu	a	milimilingan	mana	ni	vuvu
這	連繫詞	神話傳說	就是	屬格	祖父／母

s\<in\>i-qivu		a	kakudan	na	payuan
參考焦點＜完成＞-說		連繫詞	習俗	屬格	排灣族

這個口傳故事，是祖父說過關於排灣族習俗的。

Isbubukun Bunun 郡群布農語

5. tupa 說

言說動詞詞根形

論元結構：主事者名詞＋接受者名詞（＋轉移客體子句／名詞）

5.1 tupa 説

言說動詞主事焦點形；及物

論元結構：主事者（主詞／主格）＋轉移客體（受詞子句）

學習詞表：序號 807、編號 28-04、分類 28 感官認知、初級

（5-1）tupa cina tu maunin haising.

tupa	cina	tu	maun＝in	haising
主事焦點.說	媽媽	連繫詞	主事焦點.吃＝完成貌	飯

媽媽說吃飯了。

5.2 tupaun 説

言說動詞受事焦點；及物

論元結構：主事者（語意主詞／屬格）＋接受者（語法主詞／主格）＋
　　轉移客體（受詞子句）

學習詞表：未收

（5-2）tupaun saikin cina tu maunin haising.

tupa-un	saikin	cina	tu	maun=in	haising
說-受事焦點	我.主格	媽媽	連繫詞	主事焦點.吃＝完成貌	飯

媽媽對叫我說吃飯了。

5.3 istupa 説

言說動詞參考焦點形；及物

論元結構：主事者（語意主詞／屬格）＋接受者（受詞／斜格）＋

轉移客體（語法主詞／主格）

學習詞表：未收

（5-3）na ni saia istupa ku mas Bavan cia.

na=ni	saia	**is-tupa**=ku		mas	Bavan=cia
非實現貌＝不	他.主格	參考焦點-說＝我.屬格		斜格	男名＝指示詞

那（件事）我不會跟 Bavan 說。

5.4 istutupa 說話的工具（麥克風）

名詞

參考焦點名物化

學習詞表：未收

（5-4）isaicia saia tu istutupa.

isaicia	saia	tu	**is-tu-tupa**
他.所有格	那	連繫詞	參考焦點-重疊-說

那是他說話用的工具。

Vedai Rukai 霧台魯凱語

5 * kawriva 說

言說動詞詞根形

論元結構：主事者名詞＋接受者名詞＋轉移客體（名詞）

學習詞表：未收

5.1 wakawriva ／ lrikawriva 說

言說動詞主動態；及物

論元結構：<u>主事者（主詞／主格）</u>＋接受者（受詞／斜格）＋轉移客體（受詞／斜格）

學習詞表：未收

（5-1）wakawrivaku ku bubulru ki Ngedelre.

w-a-kawriva-<u>aku</u>		ku	bubulru	ki	Ngedelre
主動-實現-說-我.主格		斜格	故事	斜格	男名

我有跟 Ngedelre 說故事。

5.2 kiakawriva ／ lrikikawriva 跟……對話

言說動詞被動態；不及物

論元結構：主事者（語意主詞／斜格）＋<u>接受者（語法主詞／主格）</u>＋轉移客體（受詞／斜格）

學習詞表：未收

（5-2）kiakawriva ka lasu ki Ngedelre ku bubulru.

ki-a-kawriva	<u>ka</u>	<u>lasu</u>	ki	Ngedelre	ku	bubulru
被動-實現-說	主格	他	斜格	男名	斜格	故事

Ngedelre 有跟他說故事。

5.3 pakawriva 讓他説

使動言說動詞主動態；及物

論元結構：<u>使動者／使說的人（主詞／主格）</u>＋受動者／說話人（受詞
　／斜格）＋受役者／內容（語法主詞／主格）

學習詞表：未收

（5-3）lripakawrivaku ki umu ku bubulru.

lri-**pa-kawriva**-<u>aku</u>		ki	umu	ku	bubulru
非實現 - 使役 - 說 - 我 . 主格		斜格	祖父	斜格	故事

我要讓祖父說故事。

5.4 sakawrivane 説話的工具

名詞

工具名物化

學習詞表：未收

（5-4）kay makefungu sakawrivanesu ki mapapangale.

kay	makefungu	**sa-kawriva-ane**-su		ki	mapapangale
這個	麥克風	工具 - 說 - 名物化 - 你 . 屬格		斜格	眾人

這麥克風你要用來跟眾人講話的。

知道

Farangaw 馬蘭阿美語

6. fana' 知道

認知動詞附著詞根形

論元結構：主事者名詞＋客體名詞／子句

6.1 mafana' 會；懂；認識

動作動詞主事焦點形；及物

論元結構：<u>主事者（主詞／主格）</u>＋客體（受詞／斜格）

學習詞表：序號 805、編號 28-02、分類 28 感官認知、初級

（6-1）Mafana' ko safa ako a romakat.

　　　ma-fana'　　　ko　safa=ako　　　a　　　r<om>akat
　　　主事焦點 - 知道　主格 弟弟 = 我 . 屬格　連繫詞　走＜主事焦點＞路
　　　我的弟弟會走路。

6.2 kafana' 了解

動作動詞主事焦點非限定形；及物

論元結構：<u>主事者（主詞／主格）</u>＋客體（受詞／斜格）

學習詞表：未收

（6-2）Caay kafana' a romadiw ko mira.

　　　caay　　**ka-fana'**　　a　　　r<om>adiw　　　<u>ko　mira</u>
　　　否定詞　靜態 - 知道　連繫詞　唱＜主事焦點＞歌　主格 他 . 所有格
　　　他不會唱歌。

6.3 kafana'an 知道

認知動詞處所施用形；及物

論元結構：主事者（語意主詞／屬格）+ <u>客體（語法主詞／主格）</u>

學習詞表：未收

（6-3）O maan ko kafana'an no miso?

o	maan	ko	**ka-fana'-an**		no	miso
名詞類別	什麼	主格	靜態 - 知道 - 處所施用		屬格	你 . 所有格

你會什麼？

6.4 pakafana' 使……知道／教

使動認知動詞主事焦點形；及物

論元結構：使動者／教的人（主詞／主格）+ 受動者／知道的人（受詞　　／斜格）+ <u>受役者／所知的內容（受詞子句）</u>

學習詞表：未收

（6-4）Pakafana' ko singsi a mitoris to mitiliday.

pa-ka-fana'	<u>ko</u>	singsi	a	mi-toris	to
使動 - 靜態 - 知道	主格	老師	連繫詞	主事焦點 - 寫字	斜格

mi-tilid-ay

主事焦點 - 書 - 實現 [學生]

老師教學生寫字。

Squliq Atayal 賽考利克泰雅語

6. baq 知道／會／懂

認知動詞詞根形

論元結構：主事者名詞＋客體名詞／子句

學習詞表：序號 805、編號 28-02、分類 28 感官認知、初級

6.1 baq 知道／會／懂

動作動詞主事焦點形；及物

論元結構：<u>主事者（主詞／主格）</u>＋客體（受詞名詞／子句）

學習詞表：序號 805、編號 28-02、分類 28 感官認知、初級

（6-1）baq su' mqwas ga?

　　　baq=su'　　　　　　　　m-qwas　　　　　ga

　　　主事焦點 . 會 = 你 . 屬格　主事焦點 - 唱　　嗎

　　　你會唱嗎？

6.2 baqun 知道

認知動詞受事焦點；及物

論元結構：主事者（語意主詞／屬格）＋<u>客體（語法主詞／主格）</u>

學習詞表：序號 805、編號 28-02、分類 28 認知感官、初級

（6-2）baqun su' mita inkyasan na rgyax pi?

　　　baq-un=su'　　　　　　　mita　　　<u>inkyasan　　　na</u>

　　　知道 - 受事焦點 = 你 . 屬格　主事焦點 . 看　外表／外貌　屬格

　　　<u>rgyax</u>　　　　　　　　　　pi

　　　山　　　　　　　　　　　　語助詞

　　　你懂看山的稜線嗎？

6.3 pbaqun 使知道

使動認知動詞受事焦點形；及物

論元結構：使動者（語意主詞／屬格）+ <u>受動者／知道的人（語法主詞</u>
<u>／主格）</u>+ <u>受役者／內容（語法主詞／主格）</u>

學習詞表：未收

（6-3）nanu musa simu pbaqun pi?

<u>nanu</u>	m-usa	<u>simu</u>	**p-baq-un**	pi
什麼	主事焦點 - 去	你們 . 主格	使動 - 知道 - 受事焦點	了

你們要知道什麼呢？

6.4 pbaqan 知道

使動認知動詞處所焦點形；及物

論元結構：使動者（語意主詞／屬格）+ <u>受動者（語法主詞／主格）</u>+
<u>受役者／內容（斜格）</u>

學習詞表：未收

（6-4）wal simu pbaqan ni sinsiy pcbaq qu zyuwaw qasa lga?

wal=<u>simu</u>	**p-baq-an**	ni	sinsiy
完成貌 = 你們 . 主格	使 . 受事焦點 - 知道	屬格	老師

pcbaq	<u>qu</u>	zyuwaw	qasa	lga
教學的人	主格	事	那	嗎

那件事老師已經教你們嗎？

Paiwan 排灣語

6. keljang 知道

認知動詞附著詞根形；及物

論元結構：主事者名詞＋客體名詞

6.1. kemeljang 知道／懂得

認知動詞主事焦點形；及物

論元結構：主事者（主詞／主格）＋客體（受詞／斜格）

學習詞表：序號 805、編號 28-02、分類 28 感官認知、初級

（6-1）kemeljang aravac timadju tua qemadjapi tua lekelek.

keljang	aravac	timadju	tua	qadjapi
懂＜主事焦點＞得	非常	主格.他	斜格	編＜主事焦點＞織

tua	lekelek
斜格	苧麻繩

她很懂得編織麻線。

6.2 keljangen 被認出／被知道

認知動詞受事焦點；及物

論元結構：主事者（語意主詞／屬格）＋客體（語法主詞／主格）

學習詞表：未收

（6-2）aza nimadju a kakudan, lja keljangen na mapuljat.

aza	nimadju	a	kakudan,	lja	keljang-en	na	mapuljat
那	屬格.他	連繫詞	行為	LJA	知道-受事焦點	屬格	全部

他的行為，大家都知道。

6.3 pakeljang 使知道

使動認知動詞主事焦點形；及物

論元結構：<u>使動者（主詞／主格）</u>＋受動者／知道的人（受詞／斜格）＋
　　　　　受役者／資訊（受詞／斜格）

學習詞表：未收

（6-3）uri pakeljang aken tua nimadju kukuya a kakudan.

uri	**pa-keljang**=<u>aken</u>		tua	nimadju	kukuya	a
非實現	使動 - 知道＝主格 . 我		斜格	屬格 . 他	不好的	連繫詞

kakudan
行為

我想要讓大家都知道他不好的行為。

6.4 kinljangan 知識

名詞

處所焦名物化

學習詞表：未收

（6-4）liaw kinljangan nimadju tua na sisiu.

liaw	**k<in>ljang-an**		nimadju	tua	na	sisiu
多	知 < 完成 > 道 - 處所焦點		屬格 . 他	斜格	那	聖經

他很熟識聖經（他對聖經的知識很多）。

Isbubukun Bunun 郡群布農語

6. haiap 知道

認知動詞詞根形

論元結構：主事者名詞＋客體名詞／子句

6.1 haiap 知道

認知動詞主事焦點形；及物

論元結構：<u>主事者（主詞／主格）</u>＋客體（受詞／斜格）

學習詞表：序號 805、編號 28-02、分類 28 感官認知、初級

（6-1）haiapin saikin.

haiap=in	<u>saikin</u>
知道＝完成貌	我.主格

我知道了。

6.2 haiapun 知道

認知動詞受事焦點；及物

論元結構：主事者（語意主詞／屬格）＋<u>客體（語法主詞子句）</u>

學習詞表：未收

（6-2）haiapun ku tu namasial a iskaan kaunun.

haiap-un=ku		<u>tu</u>
知道-受事焦點＝我.屬格		連繫詞
na-ma-sial=a	iskaan	kaun-un
未實現貌-主事焦點-好＝指示詞	魚	吃-受事焦點

我知道魚會很好吃。

6.3 ispishaiap 使……知道

使動認知動詞參考焦點形；及物

論元結構：使動者（語意主詞／屬格）+ 受動者／知道的人（受詞／斜格）
　　+ <u>原因（語法主詞／主格）</u>

學習詞表：未收

（6-3）ispishaiap patasan a mas Bavan cia.

is-p-is-haiap　　　　　　　<u>patasan=a</u>　　　mas　　Bavan=cia
參考焦點 - 使動 - 變 - 知道　　書 = 指示詞　　斜格　　男名 = 指示詞

這本書讓 Bavan 長知識。

6.4 pishaiapun 使……知道

使動認知動詞受事焦點形；及物

論元結構：使動者／原因（語意主詞／屬格）+ <u>受動者／知道的人（語</u>
　　<u>法主詞／主格）</u>

學習詞表：未收

（6-4）pishaiapun saikin adii cia tu patasan.

pis-haiap-un　　　　　saikin　　adii=cia　　　tu　　　　patasan
使動 - 知道 - 受事焦點　　我　　　那 = 指示詞　　連繫詞　　書

那本書讓我長智慧。

Vedai Rukai 霧台魯凱語

6 thingale 知道

認知動詞詞根形

論元結構：主事者名詞＋客體名詞

6.1 wathingale ／ lrithingale 知道

認知動詞主動語態；及物

論元結構：<u>主事者（主詞／主格）</u>＋客體（受詞／斜格）

學習詞表：序號 805 ／ 830、編號 28-02 ／ 27、分類 28 認知感官、初級

（6-1）wathingalesu ki Alaelrepe?

w-a-thingale-<u>su</u>		ki	Alaelrepe
主動 - 實現 - 知道 - 你 . 主格		斜格	女名

你知道 Alaelrepe 嗎？

6.2 kiathingale ／ lrikithingale 被知道

認知動詞被動語態；不及物

論元結構：主事者（語意主詞／斜格）＋<u>受事者（語法主詞／主格）</u>

學習詞表：未收

（6-2）kiathingale numiane ka patarathingaleli.

ki-a-thingale	numiane	<u>ka</u>	patarathingale-li
被動 - 實現 - 知道	你們 . 斜格	主格	秘密 - 我 . 屬格

被你們知道我的秘密。

6.3 pathingale 告知

使動認知動詞主動態；及物

論元結構：<u>使動者（主詞／主格）</u>＋受動者／知道的人（受詞／斜格）＋
受役者／訊息（受詞／斜格）

學習詞表：未收

（6-3）aneane ku pathingalesu kay apianeli?

aneane	ku	**pa-thingale-<u>su</u>**		kay	apiane-li
誰	主格	使動 - 知道 - 你 . 主格		斜格	秘密 - 我 . 屬格

你讓誰知道我的秘密（我要做的）？

6.4 athingalane 需要知道的
名詞

受事名物化

學習詞表：未收

（6-4）athingalane kay patarathingale.

a-thingale-ane		kay	patarathingale
受事 - 知道 - 名物化		這	秘密

這個祕密是需要知道的。

切

Farangaw 馬蘭阿美語

7. cikcik 切

動作動詞附著詞根形

論元結構：主事者名詞＋受事者名詞

學習詞表：序號 710、編號 26-30、分類 26 肢體動作、中級

7.1 micikcik 切

動作動詞主事焦點形；及物

論元結構：<u>主事者（主詞／主格）</u>＋受事者（受詞／斜格）

學習詞表：未收

（7-1）Micikcik to titi ci ama.

mi-cikcik	to	titi	<u>ci</u>	<u>ama</u>
主事焦點 - 切	斜格	豬肉	主格	阿嬤

阿嬤在切豬肉。

7.2 macikcik 被切

動作動詞受事焦點；及物

論元結構：主事者（語意主詞／斜格）＋<u>受事者（語法主詞／主格）</u>

學習詞表：未收

（7-2）Macikcik ko titi to fofo.

ma-cikcik	<u>ko</u>	<u>titi</u>	to	fofo
受事焦點 - 切	主格	豬肉	斜格	阿公

豬肉被阿公切了。

7.3 cikciken 切

動作動詞受事焦點；及物

論元結構：主事者（語意主詞／屬格）+ 受事者（語法主詞／主格）

學習詞表：未收

（7-3）Cikciken ni wama ko koko'to sapafeli i tisowanan.

cikcik-en　　　ni　　wama　ko　koko'　to　　sa-pa-feli
切割 - 受事焦點　屬格　爸爸　主格　雞肉　斜格　工具施用 -PA- 給

i　　　　　tisowanan
介係詞　　你 . 斜格

爸爸切雞肉給你。

7.4 papicikciken 囑咐……切成塊狀

使動認知動詞受事焦點形；及物

論元結構：使動者／囑咐的人（屬格）+ 受動者／切的人（主詞／主格）
　+ 受役者／被切的東西（受詞／斜格）

學習詞表：未收

（7-4）Papicikciken ako ci Mayaw to kacawas.

pa-pi-cikcik-en=ako　　　　　　　ci　Mayaw　to　　kacawas
使動 -PI- 切割 - 受事焦點 = 我 . 屬格　主格　人名　　斜格　西瓜

我叫 Mayaw 去切西瓜。

Squliq Atayal 賽考利克泰雅語

7. hobing 切

動作動詞詞根形

論元結構：主事者名詞＋受事者名詞

7.1 hmobing 切

動作動詞主事焦點形；及物

論元結構：<u>主事者（主詞／主格）</u>＋受事者（受詞）

學習詞表：序號 710、編號 26-30、分類 26 肢體動作、中級

（7-1）baq balay hmobing syam na bzyok qu mama' Yukan hiya.

baq		balay	**h\<m\>obing**	syam	na	bzyok	qu
主事焦點.會		非常	＜主事焦點＞切	肉	屬格	豬	主格

mama'	Yukan	hiya
叔叔／舅舅	人名（男）	他

Yukan 叔叔很會切豬肉。

7.2 hbingun 被切

動作動詞受事焦點；及物

論元結構：主事者（語意主詞／屬格）＋<u>受事者（語法主詞／主格）</u>

學習詞表：未收

（7-2）ima cyux hbingun qu syam na bqanux qasa?

ima	cyux	**hobing-un**	qu	syam	na	bqanux	qasa
誰	在	切-受事焦點	主格	肉	屬格	水鹿	那

是誰在切那塊水鹿肉？

7.3 hbingan 被切了

動作動詞處所焦點；及物

論元結構：主事者（語意主詞／屬格）+ <u>受事者（語法主詞／主格）</u>

學習詞表：未收

（7-3）ima hbingan qu syam na bqanux qasa?

ima	**hobing-an**	<u>qu</u>	<u>syam</u>	<u>na</u>	<u>bqanux</u>	<u>qasa</u>
誰	切 - 處所焦點	主格	肉	屬格	水鹿	那

是誰切了那塊水鹿肉？

7.4 shobing 用⋯⋯切

動作動詞參考焦點形；及物

論元結構：主事者（語意主詞／屬格）+ 受事者（受詞／斜格）+ <u>受惠</u>
<u>者（語法主詞／主格）</u>

學習詞表：未收

（7-4）shobing yaya' syam na mit qu lalaw qani.

s-hobing	yaya'	syam	na	mit	<u>qu</u>	<u>lalaw</u>	<u>qani</u>
參考焦點 - 切	媽媽	肉	的	山羊	主格	刀	這個

媽媽用這把刀切山羊的肉。

Paiwan 排灣語

7. vuciq 切

動作動詞附著詞根形

論元結構：主事者名詞＋受事者名詞

7.1 venuciq 切

動作動詞主事焦點形；及物

論元結構：<u>主事者（主詞／主格）</u>＋受事者（受詞／斜格）

學習詞表：序號 710、編號 26-30、分類 26 肢體動作、中級

（7-1）venuciq ti kina tua cinavu.

v\<en>uciq	**ti**	**kina**	**tua**	**cinavu**
＜主事焦點＞切	主格	母親	斜格	小米粽

母親切小米粽。

7.2 vuciqen 被切

動作動詞受事焦點；及物

論元結構：主事者（語意主詞／屬格）＋<u>受事者（語法主詞／主格）</u>

學習詞表：未收

（7-2）vuciqen a caramucam na kuisang.

vuciq-en	**a**	**caramucam**	**na**	**kuisang**
切 - 受事焦點	主格	腫瘤	屬格	醫生

腫瘤被醫生切除。

7.3 sinivuciq 用來切

動作動詞參考焦點形；及物

論元結構：主事者（語意主詞／屬格）＋受事者（受詞／斜格）＋<u>工具（語法主詞／主格）</u>

學習詞表：未收

（7-3）anema sinivuciq　　　ni vuvu ta icu a vutjulj.

<u>anema</u>　**s\<in\>i-vuciq**　　　　　ni　　vuvu　　ta　　icu　a
什麼　參考焦點 < 完成 >- 切　屬格　祖父／母　斜格　這　連繫詞
vutjulj
肉

vuvu 用什麼切肉？

7.4 pavuciq 使動手術／使切

使動認知動詞主事焦點形；及物

論元結構：<u>使動者（主詞／主格）</u>（＋受動者〔受詞／斜格〕）＋受役者
／手術部位（受詞／斜格）

學習詞表：未收

（7-4）na pavuciq aken tua ku maca.

na-pa-vuciq=<u>aken</u>　　　　　tua　　ku=maca
完成 - 使動 - 切 = 主格 . 我　斜格　屬格 . 我 = 眼睛

我的眼睛有動過手術。

Isbubukun Bunun 郡群布農語

7. kulut 切

動作動詞附著詞根形

論元結構：主事者名詞＋受事者名詞

7.1 makulut 切

動作動詞主事焦點形；及物

論元結構：主事者（主詞／主格）＋受事者（受詞／斜格）

學習詞表：序號 710、編號 26-30、分類 26 肢體動作、中級

（7-1）makulut a Bavan a mas batakan.

ma-kulut	a	Bavan=a		mas	batakan
主事焦點 - 切割	主格	男名＝指示詞		斜格	竹子

Bavan 在切竹子。

7.2 kulutun 切／被切

動作動詞受事焦點；及物

論元結構：主事者（語意主詞／屬格）＋受事者（語法主詞／主格）

學習詞表：未收

（7-2）kulutun ku batakan a.

kulut-un=ku	batakan=a
切割 - 受事焦點＝我 . 屬格	竹子＝指示詞

我在切（那）竹子。

7.3 iskulut 使……切

動作動詞參考焦點形；及物

論元結構：主事者（語意主詞／屬格）＋受事者（受詞／斜格）＋受惠者（語法主詞／主格）

學習詞表：未收

（7-3）iskulut ku saia mas cici.

is-kulut=ku　　　　　　saia　　　mas　　cici

參考焦點 - 切 = 我 . 斜格　　他 . 主格　　斜格　　肉

我幫他切肉。

7.4 iskukulut 鋸子／刀具

名詞

參考焦點名物化

學習詞表：序號 344、編號 09-36、分類 09 物品（不含食品）、中級

（7-4）iskukulut saia.

is-ku-kulut　　　　　saia

參考焦點 - 重疊 - 切　　那

那是鋸子／刀具。

Vedai Rukai 霧台魯凱語

7. gelregelre 切

動作動詞詞根形

論元結構：主事者名詞＋受事者名詞

學習詞表：序號 710、編號 26-30、分類 26 肢體動作、中級

7.1 wagelregelre ／ lrigelregelre 割

動作動詞主動語態；及物

論元結構：<u>主事者（主詞／主格）</u>＋受事者（受詞／斜格）

學習詞表：未收

（7-1）wagelregelresu ku butulu.

w-a-gelregelre-<u>su</u>		**ku**	**butulu**
主動 - 實現 - 切 - 你 . 主格		斜格	豬肉

你有切豬肉。

7.2 kiagelregelre ／ lrikilregelrege 被割

動作動詞被動語態；不及物

論元結構：主事者（語意主詞／斜格）＋<u>受事者（語法主詞／主格）</u>

學習詞表：未收

（7-2）kiagelregelre ka butulu ki Lavakaw.

ki-a-gelregelre	<u>**ka**</u>	**butulu**	**ki**	**Lavakaw**
被動 - 實現 - 切	主格	豬肉	斜格	男名

Lavakaw 有切豬肉。

7.3 pagelregelre 讓切

使動動作動詞主動態；及物

論元結構：<u>使動者／吩咐的人（主詞／主格）</u>＋受動者／切的人（受詞

／斜格）＋受役者（受詞／斜格）

學習詞表：未收

（7-3）pagelregelresu ki aneane ku butulu?

pa-gelregelre-<u>su</u>　　　ki　　　aneane　　ku　　　butulu

使動 - 切 - 你 . 主格　　斜格　　誰　　　斜格　　豬肉

你讓誰切豬肉？

7.4 apakigelregelrane 要叫……做手術

名詞

受事名物化

學習詞表：未收

（7-4）amani lwigane ku apakigelregelrane numi ki tinasu?

amani　lwigane　ku　　　**a-pa-ki-gelregelre-ane-**numi

什麼　　時間　　主格　受事 - 使動 - 被動 - 切 - 名物化 - 你們 . 斜格

ki　　　tina-su

斜格　　媽媽 - 你 . 屬格

你們什麼時候要叫你媽媽動手術？

揹（物品）

Farangaw 馬蘭阿美語

8. koyod 揹負（物品）

動作動詞附著詞根形

論元結構：主事者名詞＋客體名詞

8.1 mikoyod 揹（物品）

動作動詞主事焦點形；及物

論元結構：主事者（主詞／主格）＋客體（受詞／斜格）

學習詞表：未收

（8-1）Mikoyod ci Omi to fakar.

mi-koyod	ci	Omi	to	fakar
主事焦點 - 揹	主格	人名	斜格	籮筐

Omi 揹籮筐。

8.2 makoyod 揹（物）

動作動詞受事焦點；及物

論元結構：主事者（語意主詞／斜格）＋客體（語法主詞／主格）

學習詞表：未收

（8-2）Makoyod no mako kora fakar.

ma-koyod	no	mako	ko-ra	fakar
受事焦點 - 揹	屬格	我 . 所有格	主格 - 那	籮筐

我揹那個籮筐。

8.3 sapikoyod 用……揹

動作動詞工具施用形；及物

論元結構：主事者（語意主詞／屬格）＋客體（受詞／斜格）＋<u>工具（語法主詞／主格）</u>

學習詞表：未收

（8-3）O sapikoyod ni ina to dateng koni fakar.

o	**sa-pi-koyod**	ni	ina	to	dateng	<u>ko-ni</u>	<u>fakar</u>
名詞分類	工具施用 -PI- 揹	屬格	媽媽	斜格	青菜	主格 - 這	籮筐

這籮筐是媽媽用來揹菜用的。

8.4 kakoyodan 揹的籮筐

名詞

處所施用名物化

學習詞表：未收

（8-4）Micakay kako to fa^elohay a kakoyodan.

mi-cakay	kako	to	fa^eloh-ay	a
主事焦點 - 買	我 . 主格	斜格	新的 - 實現	連繫詞

ka-koyod-an

重疊 - 揹 - 處所施用

我買了新的背籃。

Squliq Atayal 賽考利克泰雅語

8. panga' 揹（人／物品）

動作動詞詞根形

論元結構：主事者名詞＋客體名詞

8.1 mpanga' 揹

動作動詞主事焦點形；及物

論元結構：<u>主事者（主詞／主格）</u>＋客體（受詞／斜格）

學習詞表：序號 701 ／ 715、編號 26-21 ／ 26-35、分類 26 肢體動作、

　　高級／中級

（8-1）baq balay mpanga' sehuy, ngahi', ru trakis qu yata' Tyawpi hiya.

baq		balay	**m-panga'**		sehuy	ngahi'	ru	trakis
主事焦點 - 會		非常	主事焦點 - 揹		芋頭	地瓜	和	小米

qu	yata'		Tyawpi		hiya
主格	阿姨／嬸嬸		人名（女）		他

Tyawpi 阿姨很會揹芋頭、地瓜和小米。

8.2 pngan 揹

動作動詞處所焦點；及物

論元結構：主事者（語意主詞／屬格）＋<u>客體（語法主詞／主格）</u>

學習詞表：未收

（8-2）wal nya pngan na kiri qu qetun, kaway ru yutak i yaki Rasung.

wal=nya		**panga'-an**		na	kiri	<u>qu</u>	<u>qetun</u>
正在 = 他 . 屬格		揹 - 處所焦點		工具格	簑子	主格	玉米

<u>kaway</u>	<u>ru</u>	<u>yutak</u>	i		yaki	Rasung
紅肉李	和	橘子	主格		祖母	人名

Rasung 阿嬤她用簑子揹了玉米、紅肉李和橘子。

8.3 pngun 揹

動作動詞受事焦點；及物

論元結構：主事者（語意主詞／屬格）+<u>客體（語法主詞／主格）</u>

學習詞表：未收

（8-3）cyux nha pgnun na kiri qu kwara pinbahuw qasa.

cyux=nha	**panga'-un**	na	kiri	qu	kwara
正＝他們.屬格	揹-受事焦點	工具格	背簍	主格	全部

pinbahuw	qasa
農作物	那

他們正用揹簍揹所有的農作物。

8.4 spanga' 用……揹

動作動詞參考焦點形；及物

論元結構：主事者（語意主詞／屬格）+ 客體（受詞）+<u>工具（語法主詞／主格）</u>

學習詞表：未收

（8-4）spanga' kwara pinnuya rramat ni yutas Buta qu qbun hiya.

s-panga'	kwara	p<in>nuya	r-ramat	ni	yutas
參考焦點-揹	全部	<完成>種植	重疊-菜	屬格	祖父

Buta	qu	qbun	hiya
人名（男）	主格	揹簍	他

Buta 阿公用揹簍揹他所栽種的菜。

Paiwan 排灣語

8. kavic 揹負（物品）

動作動詞附著詞根形

論元結構：主事者名詞＋客體名詞

8.1 kemavic 揹（東排、南排、中排）

動作動詞主事焦點形；及物

論元結構：<u>主事者（主詞／主格）</u>＋客體（受詞／斜格）

學習詞表：序號 715、編號 26-35、分類 26 肢體動作、中級

（8-1）kemavic aken tua kabang.

k\avic=<u>aken</u>		tua	kabang
＜主事焦點＞揹＝主格．我		斜格	背包

我揹起背包。

8.2 kavicen 被揹

動作動詞受事焦點；及物

論元結構：主事者（語意主詞／屬格）＋<u>客體（語法主詞／主格）</u>

學習詞表：未收

（8-2）ku kavicen a ku kabang.

ku=**kavic-en**		a	ku=kabang
屬格．我＝揹-受事焦點		主格	屬格．我＝背包

我揹我的背包。

8.3 sikavic 揹袋

動作動詞參考焦點形；及物

論元結構：主事者（語意主詞／斜格）＋客體（受詞／斜格）＋<u>工具（語法主詞／主格）</u>

學習詞表：未收

（8-3）anema sinikavic ni vuvu tua vavuy?

anema	s<in>i-kavic		ni	vuvu	tua	vavuy
什麼	參考焦點＜完成＞-揹		屬格	祖父／母	斜格	山豬

祖父用什麼來揹山豬？

8.4 pakavic 使揹

使動認知動詞主事焦點形；及物

論元結構：<u>使動者／吩咐的人（主詞／主格）</u>＋受動者／揹的人（受詞／斜格）＋受役者／物品（受詞／斜格）

學習詞表：未收

（8-4）pakavic ti kina tjanuaken tua vavuy.

pakavic	ti	kina	tjanuaken	tua	vavuy
使動-揹	主格	媽媽	斜格.我	斜格	山豬

媽媽叫我揹山豬。

Isbubukun Bunun 郡群布農語

8. ama 揹（物品）

動作動詞附著詞根形

論元結構：主事者名詞＋客體名詞

8.1 mama 揹

動作動詞主事焦點形；及物

論元結構：<u>主事者（主詞／主格）</u>＋客體（受詞／斜格）

學習詞表：序號 701 ／ 715、編號 26-21 ／ 26-35、分類 26 肢體動作、
　　高級／中級

（8-1）mama saikin mas utan.

m-ama	<u>saikin</u>	mas	utan
主事焦點 - 揹	我 . 主格	斜格	地瓜

我揹地瓜。

8.2 amaun 被揹

動作動詞受事焦點；及物

論元結構：主事者（語意主詞／屬格）＋<u>客體（語法主詞／主格）</u>

學習詞表：未收

（8-2）amaun ku utan a.

ama-un=ku	<u>utan-a</u>
揹 - 受事焦點 = 我 . 屬格	地瓜 = 指示詞

我揹地瓜。

8.3 is'ama 用來揹

動作動詞參考焦點形；及物

論元結構：主事者（語意主詞／斜格）＋客體（受詞／斜格）＋<u>工具（語</u>

法主詞／主格）

學習詞表：未收

（8-3）is'ama ku palangan a mas utan.

is-'ama=ku		**palangan**=a	mas	utan
參考焦點 - 揹 = 我 . 屬格	背簍 = 指示詞	斜格	地瓜

我用背簍來揹地瓜。

8.4 is'a'ama 揹帶

名詞

參考焦點名物化

學習詞表：未收

（8-4）kazimaun ku a adii is'a'ama a.

ka-zima-un=ku		a	adii	**is'a'ama**=a
祈使 - 喜歡 - 受事焦點 = 我 . 屬格	主格	那	揹帶 = 指示詞

我喜歡那個揹帶。

Vedai Rukai 霧台魯凱語

8. tukudru 揹

動作動詞詞根形

論元結構：主事者名詞＋客體名詞

學習詞表：序號 365 ／ 564、編號 09-57 ／ 18-30、分類 09 物品／ 18 織
　　布物品、中高級／高級

8.1 watukudru ／ lritukudru 揹

動作動詞主動態；及物

論元結構：<u>主事者（主詞／主格）</u>＋客體（受詞／斜格）

學習詞表：序號 715、編號 26-35、分類 26 肢體動作、中級

（8-1）watukudrusu ki akece.

w-a-tukudru-<u>su</u>		ki	akece
主動 - 實現 - 揹 - 你 . 主格		斜格	山羌

你揹山羌。

8.2 kiatukudru ／ lrikitukudru 被揹負

動作動詞被動態；不及物

論元結構：主事者（語意主詞／斜格）＋<u>客體（語法主詞／主格）</u>

學習詞表：未收

（8-2）kiatukudru ka akece ki Lavakaw.

ki-a-tukudru	<u>ka</u>	akece	ki	Lavakaw
被動 - 實現 - 揹	主格	山羌	斜格	男名

山羌被 Lavakaw 揹。

8.3 patukudru 叫人揹

使動動作動詞主動態；及物

論元結構：使動者（主詞／主格）＋受動者／負重的人（受詞／斜格）＋
受役者（受詞／斜格）

學習詞表：未收

（8-3）patukudru ka tama ki aceke ki Lavakaw.

pa-tukudru	ka	tama	ki	aceke	ki	Lavakaw
使動 - 揹	主格	爸爸	斜格	山羌	斜格	男名

爸爸叫 Lavakaw 揹山羌。

8.4 satukudruane 揹的工具

名詞

工具名物化

學習詞表：未收

（8-4）lu tukudru ka Lavakaw ku satukudruane.

lu	tukudru	ka	Lavakaw	ku	sa-tukudru-ane
去	揹	主格	男名	斜格	工具 - 揹 - 名物化

Lavakaw 去揹揹的工具。

種植

Farangaw 馬蘭阿美語

9. paloma 種植
動作動詞附著詞幹形

論元結構：主事者名詞＋轉移客體名詞

學習詞表：序號 503 ／ 878、編號 15-03 ／ 30-37、15 農耕／ 30 生活作息、中級

9.1 mipaloma 種植
動作動詞主事焦點形；及物

論元結構：<u>主事者名詞（主詞／主格）</u>＋受事者（受詞／主格）

學習詞表：序號 504、編號 15-04、15 農耕、高級

（9-1）Mipaloma ci Omi to konga.

mi-pa-loma	**ci**	**Omi**	**to**	**konga**
主事焦點 -PA- 種子	主格	人名	斜格	地瓜

Omi 種地瓜。

9.2 mapaloma 被種
動作動詞受事焦點；及物動詞

論元結構：主事者（語意主詞／屬格）＋<u>受事者（語法主詞／主格）</u>

學習詞表：未收

（9-2）Mapaloma ko tatokem i papotal no loma niyam.

ma-pa-loma	**ko**	**tatokem**	**i**	**papotal**	**no**
受事焦點 -PA- 種子	主格	野菜	介係詞	外面	屬格

loma	niyam
家	我們 . 排除式 . 屬格

野菜被我們種在家外。

9.3 sapaloma 種子（用來種植的東西）
名詞
工具施用名物化
學習詞表：序號 295、編號 08-44、08 植物、中高級

（9-3）Mikilim ci Omi to sapaloma no kowa'.

mi-kilim	ci	Omi	to	**sa-pa-loma**	no	kowa'
主事焦點-尋找	主格	人名	斜格	工具施用-PA-種子	屬格	木瓜

Omi 在找木瓜的種子。

9.4 pinaloma 作物（已被種植的東西）
名詞
受事焦點名物化
學習詞表：未收

（9-4）Adihay ko pinaloma ni ina.

adihay	ko	**p<in>a-loma**	ni	ina
多	主格	P<完成貌>A-種子	屬格	媽媽

媽媽的作物很多。

Squliq Atayal 賽考利克泰雅語

9. puya 種植

動作動詞詞根形

論元結構：主事者名詞＋轉移客體名詞

9.1 pmuya 種植

動作動詞主事焦點形；及物

論元結構：<u>主事者（主詞／主格）</u>＋轉移客體（受詞／斜格）

學習詞表：序號 878、編號 30-37、分類 30 生活作息、中級

（9-1）nyux pmuya ramat i Yukan hiya.

nyux	p\<m\>uya		ramat	i	Yukan	hiya
正在	種植＜主事焦點＞		菜	主格	人名	他

Yukan 在種菜。

9.2 pm'yun 種植

動作動詞受事焦點；及物

論元結構：主事者（語意主詞／屬格）＋<u>轉移客體（語法主詞／主格）</u>

學習詞表：未收

（9-2）musa nha qmayah pm'yun qu ngahi kira.

m-usa=nha		qmayah	pmuya-un	qu
主事焦點 - 去＝他們 . 屬格		田園	種植 - 受事焦點	主格

ngahi	kira
地瓜	等會兒

他們等會兒會去田裡種地瓜。

9.3 pm'yan 種植

動作動詞受事處所焦點；及物

論元結構：主事者（語意主詞／屬格）+ <u>轉移客體（語法主詞／主格）</u>

學習詞表：未收

（9-3）wal nya pm'yan qu qhoniq yaya' maku' la.

wal=nya	**pm'y-an**	qu	qhoniq
完成貌 = 他 . 屬格	種植 - 受事焦點	主格	樹

yaya'=maku'	la
媽媽 = 我的 . 屬格	了

我媽媽已經種完樹了。

Paiwan 排灣語

9. talem 種植

動作動詞附著詞根形

論元結構：主事者名詞＋轉移客體名詞

9.1 temalem 種植

動作動詞主事焦點形；及物

論元結構：<u>主事者名詞（主詞／主格）</u>＋受事者（受詞／主格）

學習詞表：序號 878、編號 30-37、分類 30 生活作息、中級

（9-1）natemalem amen tua vasa.

na-t**\<em\>**alem=<u>amen</u>		tua	vasa
完成 - 種 < 主事焦點 > 植 = 主格 . 我們		斜格	芋頭

我們家有種芋頭。

9.2 tinalem（被）種植了

動作動詞完成貌（當受事焦點用）；及物

論元結構：主事者（語意主詞／屬格）＋<u>轉移客體（語法主詞／主格）</u>

學習詞表：未收

（9.2）tinalem azua vasa ni kina.

t\<in\>alem	<u>a</u>	zua	vasa	ni	kina
種 < 完成 > 植	主格	那	芋頭	屬格	媽媽

那個芋頭是媽媽種的。

9.3 taleman 在……種植

動作動詞處所焦點形；及物

論元結構：主事者（語意主詞／屬格）＋轉移客體（受詞／斜格）＋<u>處所（語法主詞／主格）</u>

學習詞表：未收

（9-3）tinaleman tua vasa azua quma.

t\<in\>alem-an		tua	vasa	<u>a</u>	<u>zua</u>	<u>quma</u>
種 < 完成 > 植 - 處所焦點		斜格	芋頭	主格	那	田

那塊田地種植芋頭。

9.4 sitalem（用來）種植

動作動詞參考焦點形；及物

論元結構：主事者（語意主詞／屬格）+<u>轉移客體（語法主詞／主格）</u>

學習詞表：未收

（9-4）anema sinitalem ni kina?

<u>anema</u>	**s\<in\>i-talem**	ni	kina
什麼	參考焦點 < 完成 >- 種植	屬格	母親

母親種了什麼東西？

Isbubukun Bunun 郡群布農語

9. suaz 種植

動作動詞附著詞根形

論元結構：主事者名詞＋轉移客體名詞

9.1 masuaz 種植

動作動詞主事焦點形；及物

論元結構：<u>主事者名詞（主詞／主格）</u>＋受事者（受詞／主格）

學習詞表：序號 878、編號 30-37、分類 30 生活作息、中級

（9-1）masuaz saikin mas utan.

ma-suaz	saikin	mas	utan
主事焦點 - 種植	我 . 主格	斜格	地瓜

我種地瓜。

9.2 sauzan 種植

動作動詞處所焦點形；及物

論元結構：主事者（語意主詞／屬格）＋轉移客體（受詞／斜格）＋<u>處所（語法主詞／主格）</u>

學習詞表：未收

（9-2）maz a dalah an hai na sauzan ku mas utan.

maz	<u>a</u>	<u>dalah</u>=an	hai	na=**sauz-an**=ku	
主題	主格	土地 = 指示詞	主題	非實現 = 種 - 處所焦點 = 我 . 屬格	

mas	utan
斜格	地瓜

那塊地是我要種地瓜的地方。

9.3 issuaz 種植

動作動詞參考焦點形；及物

論元結構：主事者（語意主詞／屬格）+ <u>轉移客體（語法主詞／主格）</u>

學習詞表：未收

（9-3）issuaz Bavan cia utan a.

is-suaz	Bavan=cia	<u>utan=a</u>
參考焦點 - 種植	男名＝指示詞	地瓜＝限定詞

Bava 種那個地瓜。

9.4 sinsusuaz 作物

名詞

參考焦點名物化

學習詞表：未收

（9-4）maz a ivutaz an hai mamaun mas sinsusuaz.

maz	a	ivutaz=an	hai	ma-maun		mas
主題	主格	蟲＝指示詞	主題	重疊 - 主事焦點 . 吃		斜格

s<in>su-suaz

參考焦點＜經驗＞重疊 - 種植

那些蟲正在吃農作物。

Vedai Rukai 霧台魯凱語

9. lredreke 種植

動作動詞詞根形

論元結構：主事者名詞＋轉移客體名詞

學習詞表：未收

9.1 walredreke ／ lrilredreke 種植

動作動詞主動語態；及物

論元結構：<u>主事者名詞（主詞／主格）</u>＋轉移客體（受詞／斜格）

學習詞表：序號 878、編號 30-37、分類 30 生活作息、中級

（9-1）walredrekesu ku tuba.

w-a-lredreke-<u>su</u>	ku	tuba
主動 - 實現 - 種植 - 你 . 主格	斜格	山藥

你有種植山藥。

9.2 kialredreke ／ lrikilredreke 被種植

動作動詞被動語態；不及物

論元結構：主事者（語意主詞／斜格）＋轉移客體（受詞／斜格）＋<u>處</u>
<u>所（語法主詞／主格）</u>

學習詞表：未收

（9-2）kialredreke ka tuba ki Balenge.

ki-a-lredreke	<u>ka</u>	tuba	ki	Balenge
被動 - 實現 - 被種植	主格	山藥	斜格	女名

Balenge 有種植山藥。

9.3 talredrekane 種植之處

名詞

處所名物化

學習詞表：未收

（9-3）kikay　talredrekaneli ku vurasi.

kikay	ta-lredreke-ane-li		ku	vurasi
這個 . 主語	處所 - 種植 - 名物化 - 我 . 屬格		斜格	地瓜

這塊地是我種地瓜的地方。

9.4 nilredrekane 已種過的東西

名詞

受事名物化

學習詞表：未收

（9-4）makara ku nilredrekane ku tai ki Balenge.

ma-kara	ku	ni-lredreke-ane		ku	tai	ki	Balenge
靜態 - 多	主格	受事 . 完成 - 種 - 名物化		斜格	芋頭	斜格	女名

Balenge 種很多芋頭。

煮（主食）

Farangaw 馬蘭阿美語

10. hemay 煮飯

動作動詞附著詞根形

論元結構：主事者名詞＋受事者名詞

學習詞表：序號 576、編號 21-01、21 食物（非植物）、中級

10.1 misahemay 煮飯

動作動詞主事焦點形；及物

論元結構：<u>主事者（主詞／主格）</u>

學習詞表：未收

（10-1）Misahemay ci Omi to romi'ami'ad.

mi-sa-hemay	**ci**	**Omi**	**to**	**romi'ami'ad**
主事焦點 - 製作 - 飯	主格	人名	斜格	每天

Omi 每天煮飯。

10.2 sahemayen 煮飯

動作動詞受事焦點；及物

論元結構：使動者（語意主詞／屬格）＋<u>受動者／實際進行煮的（語法主詞／主格）</u>

學習詞表：未收

（10-2）O sahemayen to kora dangah ni ina.

o	**sa-hemay-en**=to		**ko-ra**	**dangah**
名詞類別	製作 - 飯 - 受事焦點＝完成貌		主格 - 那	鍋子
ni	**ina**			
屬格	媽媽			

是媽媽用那個鍋子煮飯了。

10.3 masahemay 煮飯

動作動詞受事焦點；及物

論元結構：主事者（語意主詞／屬格）

學習詞表：未收

（10-3）Masahemay ni Omi anini.

ma-sa-hemay	ni	Omi	anini
受事焦點 - 製作 - 飯	屬格	人名	今天

今天由 Omi 來煮飯。

10.4 nisahemayan 煮的飯

名詞

處所施用名物化

學習詞表：未收

（10-4）Kaeso' ko nisahemayan ni wama.

kaeso'	ko	**ni-sa-hemay-an**	ni	wama
好吃	主格	NI- 製作 - 煮飯 - 處所施用	屬格	爸爸

爸爸煮的飯真好吃。

Squliq Atayal 賽考利克泰雅語

10. phapuy 煮（主食）

動作動詞詞根形

論元結構：主事者名詞 + 受事者名詞

10.1 phapuy 煮（主食）

動作動詞主事焦點形；及物

論元結構：<u>主事者（主詞／主格）</u>+ 受事者（受詞）

學習詞表：序號 864、編號 30-23、分類 30 生活作息、高級

（10-1）phapuy mami qu yaya' maku'.

phapuy	mami	<u>qu</u>	<u>yaya'=maku'</u>
主事焦點 . 煮	飯	主格	媽媽 = 我屬格

我媽媽在煮飯。

10.2 phpuyun 煮（主食）

動作動詞受事焦點；及物

論元結構：主事者（語意主詞／屬格）+ <u>受事者（語法主詞／主格）</u>

學習詞表：未收

（10-2）phpuyun nha qu syam na para' qani.

phapuy-un=nha		<u>qu</u>	syam	na	para'	qani
煮 - 受事焦點 = 他們 . 屬格		主格	肉	屬格	山羌	這

他們將要煮這個山羌肉。

10.3 phpuyan 煮（主食）

動作動詞處所焦點形；及物

論元結構：主事者（語意主詞／屬格）+ <u>受事者（語法主詞／主格）</u>

學習詞表：未收

（10-3）wal maku' phpuyan qu ayang na para' la.

wal=maku'	**phapuy-an**	qu	ayang	na	para'	la
完成貌＝我.屬格	煮-處所焦點	主格	湯	屬格	山羌	了

我已經煮完這山羌的湯了。

10.4 sphapuy 煮（主食）

動作動詞參考焦點形；及物

論元結構：主事者（語意主詞／屬格）＋受事者（受詞）＋<u>工具（語法主詞／主格）</u>

學習詞表：未收

（10-4）sphapuy yaya' maku' ayang na para qu kayu baliq qani.

s-phapuy	yaya'=maku'	ayang	na	para'	qu
參考焦點-煮	媽媽＝我.屬格	湯	屬格	山羌	主格

kayu	baliq	qani
鍋子	鐵	這

我的媽媽用鐵鍋煮山羌的湯。

Paiwan 排灣語

10. kesa 煮（主食）
動作動詞附著詞根形
論元結構：主事者名詞＋受事者名詞

10.1 kemesa 煮
動作動詞主事焦點形；及物
論元結構：<u>主事者（主詞／主格）</u>＋受事者（受詞／受格）
學習詞表：序號 864、編號 30-23、分類 30 生活作息、高級

（10-1）na kemesa ti kina tua vasa.

na-k\<em\>esa	ti	kina	tua	vasa
完成 -＜主事焦點＞煮	主格	母親	斜格	芋頭

媽媽煮了芋頭。

10.2 kinesa（被）煮了
動作動詞完成貌（當受事焦點用）；及物
論元結構：主事者（語意主詞／屬格）＋<u>受事者（語法主詞／主格）</u>
學習詞表：未收

（10-2）anema su kinesa tu cengelj.

anema	su=k\<in\>esa		tu	cengelj
什麼	屬格 . 你 =＜完成＞煮		斜格	午餐

你中午煮了什麼午餐？

10.3 kesan 在……煮
動作動詞處所焦點形；及物
論元結構：主事者（語意主詞／屬格）＋受事者（受詞／斜格）＋<u>處所（語法主詞／主格）</u>

學習詞表：未收

（10-3）uri ku kesan a tapav ta vasa.

uri	ku=kes-an		a	tapav	ta	vasa
非實現	屬格.我＝煮-處所焦點		主格	工寮	斜格	芋頭

那個工寮是我要煮芋頭的地方。

10.4 sikesa 用……來煮

動作動詞參考焦點形；及物

論元結構：主事者（語意主詞／屬格）+ 受事者（受詞／斜格）+ 工具（語法主詞／主格）

學習詞表：未收

（10-4）anema su sinikesa tua zua vasa.

anema	su=s<in>i-kesa		tua	zua	vasa
什麼	屬格.你＝參考焦點＜完成＞-煮		斜格	那	芋頭

你是用什麼煮芋頭的？

Isbubukun Bunun 郡群布農語

10. pit'ia 煮（主食）

動作動詞附著詞根形

論元結構：主事者名詞 + 受事者名詞

10.1 mapit'ia 煮（主食）

動作動詞主事焦點形；及物

論元結構：<u>主事者（主詞／主格）</u>+ 受事者（受詞／受格）

學習詞表：序號 864、編號 30-23、分類 30 生活作息、高級

（10-1）mapit'ia Bavan a mas haising.

ma-pit'ia	<u>Bavan=a</u>	mas	haising
主事焦點 - 煮	男名＝指示詞	斜格	飯

Bavan 煮飯。

10.2 pit'ia'un 煮（主食）

動作動詞受事焦點；及物

論元結構：主事者（語意主詞／屬格）+ <u>受事者（語法主詞／主格）</u>

學習詞表：未收

（10-2）pit'ia'un haising mas Bavan cia.

pit'ia'-un	<u>haising</u>	mas	Bavan=cia
煮 - 受事焦點	飯	斜格	男名＝指示詞

飯是 Bavan 煮的。

10.3 ispit'ia 用來煮（主食）

動作動詞參考焦點形；及物

論元結構：主事者（語意主詞／屬格）+ 受事者（受詞／斜格）+ <u>工具（語法主詞／主格）</u>

學習詞表：未收

（10-3）ispit'ia ku ciku a mas haising.

is-pit'ia=ku	ciku=a	mas	haising
參考焦點 - 煮 = 我 . 屬格	鍋子 = 指示詞	斜格	飯

我用鍋子煮飯。

10.4 pipit'iaan 廚房

名詞

處所焦點名物化

學習詞表：未收

（10-4）ma'anat saikin sia pipit'iaan mas iskaan.

ma-'anat	saikin	sia
主事焦點 - 煮（菜餚）	我 . 主格	處所格

pi-pit'ia-an	mas	iskaan
重疊 - 煮 - 處所焦點	斜格	魚

我在廚房煮魚。

Vedai Rukai 霧台魯凱語

10. aga 煮（主食）

動作動詞詞根形

論元結構：主事者名詞＋受事者名詞

學習詞表：序號 576、編號 21-01、分類 21 食物、初級

10.1 waaga ／ lriaga 煮（主食）

動作動詞主動語態；及物

論元結構：<u>主事者（主詞／主格）</u>＋受事者（受詞／斜格）

學習詞表：序號 864、編號 30-23、分類 30 生活作息、高級

（10-1）waagasu ku lrubu.

w-a-aga-<u>su</u>		ku	lrubu
主動 - 實現 - 煮 - 你 . 主格		斜格	玉米粥

你煮玉米粥。

10.2 kiaaga ／ lrikiaga 被煮

動作動詞被動語態；不及物

論元結構：主事者（語意主詞／斜格）＋<u>受事者（語法主詞／主格）</u>

學習詞表：未收

（10-2）kiaaga ka lrubu ki Balenge.

ki-a-aga		ka	lrubu	ki	Balenge
被動 - 實現 - 煮		主格	玉米粥	斜格	女名

Balenge 煮玉米粥。

10.3 taagagane 煮飯之處

名詞

處所名物化

學習詞表：未收

（10-3）kikay ki taagaganeli.

kikay	ki	**ta-aga-aga-ane-li**
主語.這裡	斜格	處所-重疊-煮飯-名物化-我.屬格

這裡是我煮飯的地方

10.4 saagagane 炊具

名詞

工具名物化

學習詞表：未收

（10-4）walangaynga ku bavane ku saagagane ka lasu.

w-a-langay-nga		ku	bavane	ku	**sa-aga-aga-ane**
主動-實現-買-了	斜格	新的	斜格	工具-重疊-煮-名物化

ka	lasu
主格	他

他買新的炊具。

煮（菜餚）

Farangaw 馬蘭阿美語

11. safel 煮（菜餚）

動作動詞附著詞根形

論元結構：主事者名詞＋受事者名詞

11.1 misafel 煮（菜餚）

動作動詞主事焦點形；及物

論元結構：主事者（主詞／主格）＋受事者（受詞／斜格）

學習詞表：序號 860、編號 30-19、分類 30 生活作息、中級

（11-1）Misafel ci Omi to sakalafi.

mi-safel　　　　　ci　Omi　to　　sa-ka-lafi
主事焦點 -（菜餚）主格 人名 斜格 工具施用 -KA- 晚上 [晚餐]

Omi 在煮晚餐。

11.2 masafel 煮（菜餚）

動作動詞受事焦點；及物

論元結構：主事者（語意主詞／屬格）＋受事者（語法主詞／主格）

學習詞表：未收

（11-2）Masafel kora dateng ni ina anodadayan.

ma-safel　　　　　ko-ra　　dateng ni　　ina　anodadayan
受事焦點 - 煮（菜餚）主格 - 那 野菜　屬格　媽媽 今天晚上

今天晚上那個野菜要被媽媽煮了。

11.3 safelen 煮熱

動作動詞受事焦點；及物

論元結構：主事者（語意主詞／屬格）+ <u>受事者（語法主詞／主格）</u>

學習詞表：未收

（11-3）Safelen ko konga hasakalahok.

safel-en	ko	konga	hasakalahok
煮菜 - 受事焦點	主格	地瓜	當午餐吃

把地瓜煮熱當午餐吃。

11.4 nisafelan 煮的菜

名詞

處所施用名物化

學習詞表：未收

（11-4）O nisafelan ni wawa koni.

o	**ni-safel-an**	ni	wawa	ko-ni
名詞類別	NI- 煮（菜餚）- 處所施用	屬格	爸爸	主格 - 這

這是爸爸煮的菜餚。

Squliq Atayal 賽考利克泰雅語

11. tahuk 煮（菜餚）

動作動詞詞根形

論元結構：主事者名詞＋受事者名詞

11.1 tmahuk 煮（菜餚）

動作動詞主事焦點形；及物

論元結構：<u>主事者（主詞／主格）</u>＋受事者（受詞）

學習詞表：序號 860、編號 30-19、分類 30 生活作息、中級

（11-1）nyux saku' tmahuk (qu) ayang na singut.

nyux=<u>saku'</u>	**t\<m>ahuk**	(qu)	ayang	na	singut
正在＝我.主格	煮＜主事焦點＞	主格	湯	屬格	樹豆

我正在煮樹豆湯。

11.2 thkan 煮（菜餚）

動作動詞受事焦點；及物

論元結構：主事者（語意主詞／屬格）＋<u>受事者（語法主詞／主格）</u>

學習詞表：未收

（11-2）thkan maku' ayang bzyok qu hka qasa.

tahuk-an=maku'		ayang	bzyok	<u>qu</u>	<u>hka</u>	<u>qasa</u>
煮-處所焦點＝我.屬格		湯	豬	主格	爐灶	那個

我要在那個爐灶煮山豬湯。

11.3 thkun 煮（菜餚）

動作動詞受事焦點；及物

論元結構：主事者（語意主詞／屬格）＋<u>受事者（語法主詞／主格）</u>

學習詞表：未收

（11-3）thkun yaya' maku' qu ayang na para' kira.

tahuk-un yaya'=maku' <u>qu ayang na para'</u> kira
煮 - 受事焦點 媽媽＝我 . 屬格 主格 湯　屬格 山羌 等一會兒

我媽媽等一會兒要煮山羌湯。

11.4 stahuk 用……煮

動作動詞參考焦點形；及物

論元結構：主事者（語意主詞／屬格）＋受事者（受詞）＋<u>受惠者／工</u>
<u>具（語法主詞／主格）</u>

學習詞表：未收

（11-4）stahuk na yaya' maku' ayang na yapit qu kayu baliq qani.

s-tahuk na yaya'=maku' ayang na yapit <u>qu</u>
參考焦點 - 煮 屬格 媽媽＝我 . 屬格 湯　屬格 飛鼠 主格

kayu baliq qani
鍋子 鐵 這

我媽媽用這個鐵鍋子煮飛鼠湯。

Paiwan 排灣語

11. djamay 菜餚

名詞

學習詞表：序號 579、編號 21-04、分類 21 食物（非植物）、中級

11.1 semandjamay 煮（菜）（東排、南排）／ cemian（北排）／ semanljaceng（中排）

動作動詞主事焦點形；及物

論元結構：<u>主事者（主詞／主格）</u>（＋受事者（受詞／斜格））

學習詞表：序號 860、編號 30-19、分類 30 生活作息、中級

（11-1）nasemandjamay ti kina.

na-s\an-djamay	ti	kina
完成 -< 主事焦點 > 作 - 菜餚	主格	母親

母親有做菜了。

11.2 sinandjamay 菜煮好了

動作動詞受事焦點形；及物

論元結構：主事者（語意主詞／屬格）+ <u>受事者（語法主詞／主格）</u>

學習詞表：未收

（11-2）ku sinandjamay anga azua ljaceng.

ku=s\<in>an-djamay	anga	a	zua	ljaceng
屬格 . 我 =< 完成 > 作 - 菜餚	已經	主格	那	菜

菜我已經煮好了。

11.3 sandjamayan 在……煮

動作動詞處所焦點形；及物

論元結構：主事者（語意主詞／屬格）+ 受事者（受詞／斜格）+ <u>處所（語</u>

法主詞／主格）

學習詞表：未收

（11-3）sandjamayan aicu a likezalj.

san-djamay-an	**a**	**icu**	**a**	**likezalj**
作 - 菜餚 - 處所焦點	主格	這	連繫詞	爐灶

這個爐灶是煮菜的地方。

11.4 sinidjamay 煮成菜餚

動作動詞參考焦點形；及物

論元結構：主事者（語意主詞／屬格）+ 受事者（語法主詞／主格）

學習詞表：未收

（11-4）vutjulj a ku sinidjamay ta ku cengelj.

vutjulj	**a**	**ku=s\<in>i-djamay**	**ta**
肉	主格	屬格 . 我 = 參考焦點 < 完成 >- 菜餚	斜格

ku=cengelj
屬格 . 我 = 午餐

我煮的午餐是肉。

Isbubukun Bunun 郡群布農語

11. 'anat 煮（菜餚）

動作動詞附著詞根形

論元結構：主事者名詞＋受事者名詞

11.1 ma'anat 煮

動作動詞主事焦點形；及物

論元結構：<u>主事者（主詞／主格）</u>＋受事者（受詞／斜格）

學習詞表：序號 860、編號 30-19、分類 30 生活作息、中級

（11-1）ma'anat Bavan a mas pandian.

ma-'anat	<u>Bavan=a</u>	mas	pandian
主事焦點 - 煮	男名＝指示詞	斜格	菜餚

Bavan 煮菜。

11.2 'anatun 煮

動作動詞受事焦點；及物

論元結構：主事者（語意主詞／屬格）＋<u>受事者（語法主詞／主格）</u>

學習詞表：未收

（11-2）'anatun sanglav a mas Bavan cia.

<u>**'anat-un**</u>	<u>sanglav=a</u>	mas	Bavan=cia
煮 - 受事焦點	菜＝指示詞	屬格	男名＝指示詞

菜被 Bavan 煮了。

11.3 is'anat 用／為……煮

動作動詞參考焦點形；及物

論元結構：主事者（語意主詞／屬格）＋受事者（受詞／斜格）＋<u>受惠者／工具（語法主詞／主格）</u>

學習詞表：未收

（11-3）is'anat ku Bavan a mas pandian.

is-'anat=ku		Bavan=a	mas	pandian
參考焦點 - 煮 = 我 . 屬格		男名 = 指示詞	斜格	菜

我煮菜給 Bavan 。

11.4 a'anatan 煮菜的地方

名詞

處所焦點名物化

學習詞表：未收

（11-4）a'anatan pandian a hai mabahisdaingaz.

a-'anat-an	pandian=a	hai	ma-bahis-daingaz
重疊 - 煮 - 處所焦點	菜餚 = 指示詞	主題	主事焦點 - 熱 - 非常

煮菜的地方非常熱。

Vedai Rukai 霧台魯凱語

11. tuadamay 煮（菜餚）

動作動詞詞根形

論元結構：主事者名詞＋受事者名詞

11.1 watuadamay ／ lrituadamay 煮菜

動作動詞主動語態；及物

論元結構：<u>主事者（主詞／主格）</u>＋受事者（受詞／斜格）

學習詞表：序號 860、編號 30-19、分類 30 生活作息、中級

（11-1）watuadamayngasu ku lacenge.

w-a-tuadamay-nga-<u>su</u>			ku	lacenge
主動 - 實現 - 煮菜 - 了 - 你 . 主格			斜格	青菜

你有炒青菜了。

11.2 kiatuadamay ／ lrikituadamay 煮（菜餚）

動作動詞被動語態；不及物

論元結構：主事者（語意主詞／斜格）＋<u>受事者（語法主詞／主格）</u>

學習詞表：未收

（11-2）kiatuadamaynga ka lacenge ki Balenge.

ki-a-tuadamay-nga	<u>ka</u>	<u>lacenge</u>	ki	Balenge
被動 - 實現 - 煮菜 - 了	主格	青菜	斜格	女名

Balenge 有炒青菜了。

11.3 satuadamayane 煮菜的工具

名詞

工具名物化

學習詞表：未收

（11-3）kiasalru ka lasu ku satuadamayane.

ki-a-salru		ka	lasu	ku	**sa-tuadamay-ane**
被動 - 實現 - 借（入）		主格	他	斜格	工具 - 煮菜 - 名物化

他借（入）了煮菜的工具。

11.4 tatuadamayane 煮菜的地方

名詞

處所名物化

學習詞表：未收

（11-4）kikay tatuadamayane ki lasu.

kikay	**ta-tuadamay-ane**	ki	lasu
主語 . 這裡	處所 - 煮菜 - 名物化	斜格	他

這裡是他煮菜的地方。

擦拭

Farangaw 馬蘭阿美語

12. sipasip 擦拭

動作動詞附著詞根形

論元結構：主事者名詞＋客體名詞

學習詞表：序號 1012、編號 33-06、分類 33 助動詞、中級

12.1 misipasip 擦拭

動作動詞主事焦點形；及物

論元結構：<u>主事者（主詞／主格）</u>＋客體（受詞／斜格）

學習詞表：未收

（12-1）Misipasip tora doka' cingra.

mi-sipasip	to-ra	doka'	<u>cingra</u>
主事焦點 - 擦拭	斜格 - 那	傷口	他 . 主格

他在擦拭那個傷口。

12.2 sipasipen 擦掉

動作動詞受事焦點；及物

論元結構：主事者（語意主詞／屬格）＋<u>客體（語法主詞／主格）</u>

學習詞表：未收

（12-2）Sipasipen ko nitilidan iso!

sipasip-en	<u>ko</u>	ni-tilid-an=iso
擦 - 受事焦點	主格	NI- 書 - 處所施用 = 你 . 屬格

把你寫的字擦掉！

12.3 sasipasip 擦拭

動作動詞工具施用形；及物動詞

論元結構：主事者（語意主詞／屬格）+<u>工具（語法主詞／主格）</u>+客
　　體（受詞／斜格）

學習詞表：未收

（12-3）O sapisisit ko sasipasip ako to kamay.

o	<u>sapisisit</u>	ko	**sa-sipasip**=ako		to	kamay
名詞類別	擦布	主格	工具施用 - 擦拭 = 我 . 屬格		斜格	手

這條擦布是我用來擦拭手的。

12.4 sasipasip 橡皮擦

名詞

工具施用名物化

學習詞表：序號 378、編號 09-70、分類 09 物品（不含食品）、初級

（12-4）O sasipasip ko sasipasip ako to nitilidan.

o	**sa-sipasip**	ko	sa-sipasip=ako
名詞類別	工具施用 - 擦拭	主格	工具施用 - 擦拭 = 我 . 屬格
to	ni-tilid-an		
斜格	NI- 書 - 處所施用		

這塊橡皮擦是我把所寫的字用來擦掉。

Squliq Atayal 賽考利克泰雅語

12. som 擦拭

動作動詞詞根形

論元結構：主事者名詞 + 客體名詞

12.1 smom 擦拭

動作動詞主事焦點形；及物

論元結構：<u>主事者（主詞／主格）</u> + 客體（受詞／斜格）

學習詞表：序號 1012、編號 33-06、分類 33 助動詞、中級

（12-1）nyux saku' smom (qu) hanray qani.

nyux=<u>saku'</u>	s<m>om	(qu)	hanray	qani
正在 = 我 . 主格	擦 < 主事焦點 > 拭	主格	桌子	這

我這在擦拭這個桌子。

12.2 somun 擦拭

動作動詞受事焦點；及物

論元結構：主事者（語意主詞／屬格）+ <u>客體（語法主詞／主格）</u>

學習詞表：未收

（12-2）musa maku' somun qu hanray qasa.

musa=maku'	som-un	<u>qu</u>	<u>hanray</u>	<u>qasa</u>
去 = 我 . 屬格	擦拭 - 受事焦點	主格	桌子	那

我將要擦拭那個桌子。

12.3 soman 擦拭

動作動詞處所焦點；及物

論元結構：主事者（語意主詞／屬格）+ <u>客體（語法主詞／主格）</u>

學習詞表：未收

（12-3）wal nha soman qu kwara hanray ru thekan la.

wal=nha		**som-an**		qu	kwara	hanray	ru
已經＝他們.屬格		擦拭-處所焦點		主格	全部	桌子	和

thekan	la
椅子	了

他們已經把全部的桌子和椅子擦拭了。

12.4 ssom 用以擦拭

動作動詞參考焦點形；及物動詞

論元結構：主事者（語意主詞／屬格）＋<u>工具（語法主詞／主格）</u>＋客
　　體（受詞／斜格）

學習詞表：未收

（12-4）ssom nha kwara hanray ru thekan qu galiq la.

s-som=nha			kwara	hanray	ru	thekan	qu
參考焦點-擦拭＝他們.屬格			全部	桌子	和	椅子	主格

galiq	la
棉布	了

他們用棉布把全部的桌子和椅子擦拭了。

Paiwan 排灣語

12.kidjuas 擦拭

動作動詞詞根形

論元結構：主事者名詞 + 客體名

12.1 kidjuas 擦拭（中排）／ **djemuwas**（東排）／ **temupu**（南排）
／ **zemuking**（北排）

動作動詞主事焦點形；及物

論元結構：<u>主事者（主詞／主格）</u>+ 客體（受詞／斜格）

學習詞表：序號 1012、編號 33-06、分類 33 助動詞、中級

（12-1）kidjuas aken tua cukui.

> **kidjuas**=<u>aken</u>   tua   cukui
> 主事焦點 . 擦拭 = 主格 . 我   斜格   桌子
>
> 我正在擦桌子。

12.2 kidjuasen 被擦拭

動作動詞受事焦點；及物

論元結構：主事者（語意主詞／屬格）+ <u>客體（語法主詞／主格）</u>

學習詞表：未收

（12-2）anema su kidjuasen tucu?

> <u>anema</u>   su=**kidjuas-en**   tucu
> 什麼   屬格 . 你 = 擦拭 - 受事焦點   現在
>
> 你現在在擦什麼？

12.3 kidjuasan 擦拭

動作動詞處所焦點；及物

論元結構：主事者（語意主詞／屬格）+ 客體（受詞／斜格）+ <u>受惠者（語</u>

法主詞／主格）

學習詞表：未收

（12-3）ku kinidjuasan ta cukui ti vuvu.

  ku=k<in>idjuas-an   ta cukui ti vuvu

  屬格.我=<完成>擦拭-處所焦點 斜格 桌子 主格 祖父／母

  我幫祖母擦桌子。

12.4 sikidjuas 用……擦拭

動作動詞參考焦點形；及物

論元結構：主事者（語意主詞／屬格）＋客體（受詞／斜格）＋工具（語
　法主詞／主格）

學習詞表：未收

（12-4）anema su sinikidjuas tua cukui?

  anema su=s<in>i-kidjuas   tua cukui

  什麼 屬格.你=參考<完成>焦點-擦拭 斜格 桌子

  你用什麼擦拭桌子？

Isbubukun Bunun 郡群布農語

12. haishais 擦拭

動作動詞附著詞根形

論元結構：主事者名詞＋客體名詞

12.1 mahaishais 擦拭

動作動詞主事焦點形；及物

論元結構：<u>主事者（主詞／主格）</u>＋客體（受詞／斜格）

學習詞表：序號 1012、編號 33-06、分類 33 助動詞、中級

（12-1）mahaishais a Bavan mas pangkaka.

ma-haishais	<u>a</u>	<u>Bavan</u>	mas	pangkaka
主事焦點 - 擦	主格	男名	斜格	桌子

Bavan 擦桌子。

12.2 haishaisun 擦拭

動作動詞受事焦點；及物

論元結構：主事者（語意主詞／屬格）＋<u>客體（語法主詞／主格）</u>

學習詞表：未收

（12-2）haishaisun a pangkaka a mas Bavan cia.

haishais-un	<u>a</u>	<u>pangkaka=a</u>	mas	Bavan=cia
擦 - 受事焦點	主格	桌子＝指示詞	斜格	男名＝限定詞

桌子是 Bavan 擦的。

12.3 ishaishais 用……擦

動作動詞參考焦點形；及物

論元結構：主事者（語意主詞／屬格）＋客體（受詞／斜格）＋<u>工具（語法主詞／主格）</u>

學習詞表：未收

（12-3）ishaishais ku ziuking a mas pangkaka.

is-haishais=ku		**ziuking**=a	mas	pangkaka
參考焦點 - 擦 = 我 . 屬格		抹布 = 指示詞	斜格	桌子

我用抹布擦桌子。

12.4 ishahaishais 橡皮擦／板擦（用來擦的工具）

名詞

參考焦點名物化

學習詞表：序號 378、編號 09-70、分類 09 物品（不含食品）、初級

（12-4）maibaliv saikin tasa tu ishahaishais.

ma\<i>baliv saikin tasa tu
主事焦點 < 經驗貌 > 買　我 . 主格　一　連繫詞

is-ha-haishais
參考焦點 - 重疊 - 擦拭

我買了一個橡皮擦。

Vedai Rukai 霧台魯凱語

12. selredre 擦拭

動作動詞詞根形

論元結構：主事者名詞＋客體名詞

學習詞表：序號 1012、編號 33-06、分類 33 助動詞、中級

12.1 waselredre ／ lriselredre 擦拭

動作動詞主動語態；及物

論元結構：主事者（主詞／主格）＋客體（受詞／斜格）

學習詞表：未收

（12-1）waselredresu ku lribange.

w-a-seledre-su		ku	lribange
主動 - 實現 - 擦拭 - 你 . 主格		斜格	窗戶

你有擦窗戶。

12.2 kiaselredre ／ lrikiselredre 被擦拭

動作動詞被動語態；不及物

論元結構：主事者（語意主詞／斜格）＋客體（語法主詞／主格）

學習詞表：未收

（12-2）kiaselredre ka lribange ki Alaelrepe.

ki-a-selredre	ka	lribange	ki	Alaelrepe
被動 - 實現 - 擦拭	主格	窗戶	斜格	女名

Alaelrepe 有擦窗戶。

12.3 paselredre 叫……擦拭

使動動作動詞主動態；及物

論元結構：使動者（主詞／主格）＋受動者（受詞／斜格）＋客體（受

詞／斜格）

學習詞表：未收

（12-3）paselredre ka sinsi ki Alaelrepe ku lribenge.

pa-selredre	<u>ka</u>	<u>sinsi</u>	ki	Alaelrepe	ku	lribenge
使動-擦拭	主格	老師	斜格	女名	斜格	窗戶

老師讓 Alaelrepe 擦窗戶。

12.4 saselredrane 擦的工具

名詞

工具名物化

學習詞表：未收

（12-4）yakay ku saselredrane kikay daeleli.

yakay	ku	**sa-selredre-ane**	kikay	daele-li
有	主格	工具-擦拭-名物化	在	家-我.屬格

我家有擦的工具。

給

Farangaw 馬蘭阿美語

13. 給 feli

動作動詞附著詞根形

論元結構：主事者名詞＋接受者名詞＋轉移客體名詞

學習詞表：序號 635、編號 25-07、分類 25 行動、中級

13.1 pafeli 送給

使動動作動詞主事焦點形

論元結構：<u>使動者／給予者（主詞／主格）</u>＋受動者／接受者（間接受詞／斜格）＋受役者／轉移客體（直接受詞＋斜格）

學習詞表：未收

（13-1）Pafeli ci wama ako i takowanan to faelohay a toki.

pa-feli	ci	wama=ako	i	takowanan	to
使動-給	主格	爸爸＝我.屬格	介係詞	我.斜格	斜格

faelohay	a	toki
新的	連繫詞	手錶

爸爸送我新的手錶。

13.2 pafelien 給予

使動動作動詞受事焦點形；雙及物

論元結構：使動者（語意主詞／屬格）＋<u>受動者</u>＋受役者（直接受詞＋斜格）

學習詞表：未收

（13-2）Pafelien ako kiso to niya cecay waco.

pa-feli-en=ako　　　　　　　　kiso　　　　to　　　　niya
使動 - 給 - 受事焦點＝我 . 屬格　　你 . 主格　　斜格　　那 . 屬格

cecay　　waco
一隻　　狗

我送你那隻小狗。

13.3 mapafeli 給予／贈給

使動動作動詞受事焦點形；雙及物

論元結構：使動者（語意主詞／屬格）+ <u>受動者（語法主詞／主格）</u>+
　　受役者（直接受詞／斜格）

學習詞表：未收

（13-3）Mapafeli ako kiso to cecay waco.

ma-pa-feli=ako　　　　　　　　kiso　　　　to　　　cecay　　waco
受事焦點 - 使動 - 給＝我 . 屬格　　你 . 主格　　斜格　　一隻　　狗

我送給你一隻狗。

13.4 pafelian 送給

使動動作動詞處所施用形；雙及物

論元結構：使動者（語意主詞／屬格）+ <u>受動者（語法主詞／主格）</u>+
　　受役者名詞（直接受詞／斜格）

學習詞表：未收

（13-4）Pafelian ako ko fafahi ako to cangaw.

pa-feli-an=ako　　　　　　　ko　fafahi=ako　　　to　　cangaw
使動 - 給 - 受事焦點＝我 . 屬格　主格　妻子＝我 . 屬格　斜格　項鍊

項鍊我已給了我的太太了。

Squliq Atayal 賽考利克泰雅語

13. biq 給

動作動詞詞根形

論元結構：主事者名詞＋接受者名詞＋轉移客體名詞

學習詞表：序號 635、編號 25-07、分類 25 行動、中級

13.1 miq 給

動作動詞主事焦點形；雙及物

論元結構：<u>主事者（主詞／主格）</u>＋轉移客體（直接受詞／斜格）

學習詞表：序號 635、編號 25-07、分類 25 行動、中級

（13-1）wal su' miq pila' lpi?

wal<u>=su'</u>	**m-biq**	pila'	lpi
完成貌＝你 . 主格	主事焦點 - 給	錢	嗎

你錢已經給（他）了嗎？

13.2 biqun 給

動作動詞受事焦點形；雙及物

論元結構：主事者（語意主詞／屬格）＋<u>接受者（語法主詞／主格）</u>＋
轉移客體（受詞／斜格）

學習詞表：未收

（13-2）nyux su' nya' biqun pila' i Masing la?

nyux<u>=su'</u>=nya'	**biq-un**	pila'	i	Masing	la
正＝你 . 主格＝他 . 屬格	給 - 受事焦點	錢	主格	人名（男）	了

Masing 給你錢了嗎？

13.3 biqan 給

動作動詞處所焦點形；雙及物

論元結構：主事者（語意主詞／屬格）+接受者（語法主詞／主格）+
　　轉移客體（受詞／斜格）

學習詞表：未收

（13-3）wal su' nya' biqan qutux huzil i Masing shera.

wal=su'=nya'		**biq-an**	qutux	huzil	i
已經=你.主格=他.屬格		給-受事焦點	一	狗	主格

Masing	shera
人名（男）	昨天

昨天 Masingu 已經給你一隻狗。

13.4 sbiq 給

動作動詞參考焦點形；雙及物

論元結構：主事者（語意主詞／屬格）+接受者（受詞／斜格）+轉移
　　客體（語法主詞／主格）

學習詞表：未收

（13-4）ani sbiq yaya' maku' qu pila maku'.

ani	**s-biq**	yaya'=maku'	qu	pila'=maku'
ANI	參考焦點-給	媽媽=我.屬格	主格	錢=我.屬格

幫我把我的錢拿給我媽媽。

Paiwan 排灣語

13. pavay 給

動作動詞詞根形

論元結構：主事者名詞＋接受者名詞＋轉移客體名詞

學習詞表：序號 635、編號 25-07、分類 25 行動、中級

13.1 pavay 給（中排、南排）

動作動詞主事焦點形；雙及物

論元結構：<u>主事者（主詞／主格）</u>＋接受者（間接受詞／斜格）＋轉移

客體（直接受詞＋斜格）

學習詞表：序號 635、編號 25-07、分類 25 行動、中級

（13-1）pavay tjanuaken tuazua laqulj ti kama.

pavay	tjanuaken	tua	zua	laqulj	<u>ti</u>	<u>kama</u>
主事焦點 . 給	斜格 . 我	斜格	那	書本	主格	爸爸

爸爸給我那本書。

13.2 pavayan 被給

動作動詞處所焦點形；雙及物

論元結構：主事者（語意主詞／屬格）＋<u>接受者（語法主詞／主格）</u>＋

轉移客體（受詞／斜格）

學習詞表：未收

（13-2）pavayan aken ni kama ta zua laqulj.

pavay-an=<u>aken</u>		ni	kama	ta	zua	laqulj
給 - 處所焦點 = 主格 . 我		屬格	爸爸	斜格	那	書本

爸爸把那書給我。

13.3 sipavay 給／贈送（中排）

動作動詞參考焦點形；雙及物

論元結構：主事者（語意主詞／屬格）＋接受者（受詞／斜格）＋<u>轉移</u>
<u>客體</u>（語法主詞／主格）

學習詞表：序號 652、編號 25-24、分類 25 行動、高級（只收錄於中排
灣語學習詞表）

（13-3）sinipavay tjanuaken azua laqulj ni kama.

s\<in\>**i-pavay**		tjanuaken	a	zua	laqulj	ni	kama
參考＜完成＞焦點 - 給	斜格 . 我	主格	那	書本	屬格	爸爸	

爸爸給了我那本書。

Isbubukun Bunun 郡群布農語

13. saiv 給

動作動詞附著詞根形

論元結構：主事者名詞＋接受者名詞＋轉移客體名詞

13.1 masaiv 給

動作動詞主事焦點形；雙及物

論元結構：<u>主事者（主詞／主格）</u>＋接受者（間接受詞／斜格）＋轉移
客體（直接受詞＋斜格）

學習詞表：序號 635、編號 25-07、分類 25 行動、中級

（13-1）masaiv Bavan zaku mas cici.

ma-saiv	<u>Bavan</u>	zaku	mas	cici
主事焦點 - 給	男名	我 . 斜格	斜格	肉

Bavan 給我肉。

13.2 saivan 給

動作動詞處所焦點形；雙及物

論元結構：主事者（語意主詞／屬格）＋<u>接受者（語法主詞／主格）</u>＋
轉移客體（受詞／斜格）

學習詞表：未收

（13-2）saivan saikin mas Bavan cia kamasia.

saiv-an	<u>saikin</u>	mas	Bavan=cia	kamasia
給 - 處所焦點	我 . 主格	屬格	男名 = 指示詞	糖果

Bavan 給我糖果。

13.3 issaiv 給

動作動詞參考焦點形；雙及物

論元結構：主事者（語意主詞／屬格）＋接受者（受詞／斜格）＋轉移
　　客體（語法主詞／主格）

學習詞表：未收

（13-3）issaiv ku cici a mas Bavan.

is-saiv=ku	cici=a	mas	Bavan
參考焦點 - 給 = 我 . 屬格	肉 = 指示詞	斜格	男名

我把肉給 Bavan。

Vedai Rukai 霧台魯凱語

13. baai 給
動作動詞詞根形
論元結構：主事者名詞＋接受者名詞＋轉移客體名詞
學習詞表：未收

13.1 wabaai ／ lribaai 給
動作動詞主動語態；雙及物
論元結構：<u>主事者（主詞／主格）</u>＋接受者（間接受詞／斜格）＋轉移
　　客體（直接受詞＋斜格）
學習詞表：序號 635、編號 25-07、分類 25 行動、中級

（13-1）wabaai ka ina kay paisu ki Balenge.

w-a-baai	<u>ka</u>	<u>ina</u>	kay	paisu	ki	Balenge
主動 - 實現 - 給	主格	媽媽	這	錢	斜格	女名

媽媽有給 Balenge 錢。

13.2 kiabaai ／ lrikibaai 給
動作動詞被動語態；不及物
論元結構：主事者（語意主詞／斜格）＋接受者（受詞／斜格）＋<u>轉移</u>
　　<u>客體（語法主詞／主格）</u>
學習詞表：未收

（13-2）kiabaai ki Balenge ku paisu ka ina?

ki-a-baai	ki	Balenge	<u>ku</u>	<u>paisu</u>	ka	ina
被動 - 實現 - 給	斜格	女名	主格	錢	主格	媽媽

媽媽有給 Balenge 錢嗎？

13.3 pabaai 叫⋯⋯給

使動動作動詞主動態；及物

論元結構：<u>使動者／唆使者（主詞／主格）</u>＋接受者（受詞／斜格）＋

　　轉移客體（受詞／斜格）

學習詞表：未收

（13-3）pabaaisu ki aneane ku paisu?

pa-baai-<u>su</u>　　　　　ki　　　aneane　　ku　　　paisu
使動 - 給 - 你 . 主格　斜格　誰　　　斜格　錢

你叫誰給錢？

13.4 tabaaiane 交易所（給的場所）

名詞

處所名物化

學習詞表：未收

（13-4）mwa ka tai ki tabaaiane.

mwa　　ka　　　tai　　　ki　　　**ta-baai-ane**
去　　　主格　　我們　　斜格　　處所 - 給 - 名物化

我們到了交易所。

買

Farangaw 馬蘭阿美語

14. ʻaca 買

動作動詞附著詞根形

論元結構：主事者名詞＋轉移客體名詞

學習詞表：序號 634、編號 25-06、分類 25 行動、中級

14.1 mi'aca 買

動作動詞主事焦點形；及物

論元結構：<u>主事者（主詞／主格）</u>＋轉移客體（受詞／斜格）

學習詞表：未收

（14-1）Tayraay ci ina maci mi'aca to kenaw.

tayra-ay	ci	ina	maci	**mi-'aca**	to	kenaw
去 - 實現	主格	媽媽	菜市場	主事焦點 - 買	斜格	蔥

是媽媽去市場買蔥。

14.2 ma'aca 被買

動作動詞受事焦點；及物

論元結構：主事者（語意主詞／屬格）＋<u>轉移客體（語法主詞／主格）</u>

學習詞表：未收

（14-2）Ma'aca mako kora koco.

ma-'aca=mako	ko-ra	koco
受事焦點 - 買 = 我 . 屬格	主格 - 那	鞋子

是我買那雙鞋子。

14.3 papi'aca 託買

使動動作動詞主事焦點形；及物

論元結構：<u>使動者／委託者（主詞／主格）</u>＋受動者／購買者（受詞／
　　斜格）＋受役者／購買物（受詞／斜格）

學習詞表：未收

（14-3）Papi'aca ci Omi takowanan to kenaw.

pa-pi-'aca	ci	Omi	takowanan	to	kenaw
使動 -PI- 買	主格	女名	我 . 斜格	斜格	蔥

Omi 託付我買蔥。

14.4 papi'acaen 託買

使動動作動詞受事焦點形；及物

論元結構：使動者（屬格）＋<u>受動者（語法主詞／主格）</u>＋受役者（受
　　詞／斜格）

學習詞表：未收

（14-4）Papi'acaen ako ci Omi to kenaw.

pa-pi-'aca-en=ako		ci	Omi	to	kenaw
使動 -PI- 買 - 受事焦點 = 我 . 屬格		主格	人名	斜格	蔥

我請 Omi 幫我買蔥。

Squliq Atayal 賽考利克泰雅語

14. baziy

動作動詞附著詞根形

論元結構：主事者名詞＋轉移客體名詞

14.1 mbaziy 買

動作動詞主事焦點形；及物

論元結構：主事者（主詞／主格）＋轉移客體（受詞／斜格）

學習詞表：序號 634、編號 25-06、分類 25 行動、中級

（14-1）nyux saku' mbaziy lukus ru yopun.

nyux=saku'	**m-baziy**	lukus	ru	yopun
正在＝我主格	主事焦點 - 買	衣服	和	褲子

我正在買衣服和褲子。

14.2 birun 買

動作動詞受事焦點；及物

論元結構：主事者（語意主詞／屬格）＋轉移客體（語法主詞／主格）

學習詞表：未收

（14-2）birun maku' qu kwara qapu qasa.

baziy-un=maku'		qu	kwara	qapu	qasa
買 - 受事焦點＝我 . 屬格		主格	全部	柿子	那

我之後將要買那全部的柿子。

14.3 biran 買

動作動詞處所焦點；及物

論元結構：主事者（語意主詞／屬格）＋轉移客體（語法主詞／主格）

學習詞表：未收

（14-3）wal maku' biran qu ramat ru topu la.

wal=maku'	**baziy-an**	qu	ramat	ru	topu	la
完成貌＝我.屬格	買-處所焦點	主格	蔬菜	和	蘿蔔	了

我已經買好蔬菜和蘿蔔了。

14.4 sbazi 買

動作動詞參考焦點形；及物

論元結構：主事者（語意主詞／屬格）＋轉移客體（受詞／斜格）＋工具（語法主詞／主格）

學習詞表：未收

（14-4）sbazi maku' ramat qu pila ni Yukan kira.

s-baziy=maku'		ramat	qu	pila	ni	Yukan	kira
參考焦點-買＝我.屬格		蔬菜	主格	錢	屬格	人名（男）	等會兒

我等會兒用 Yukan 的錢買蔬菜。

Paiwan 排灣語

14.veli 買

動作動詞附著詞根形

論元結構：主事者名詞＋轉移客體名詞

14.1 veneli 買

動作動詞主事焦點形；及物

論元結構：<u>主事者（主詞／主格）</u>＋轉移客體（受詞／斜格）

學習詞表：序號 634、編號 25-06、分類 25 行動、中級

（14-1）katiaw kasisiubay aken a veneli tua saviki.

katiaw	kasi-siubay=aken	a	v\<en>eli	tua
昨天	去過 - 商店＝主格.我	連繫詞	＜主事焦點＞買	斜格

saviki
檳榔

我昨天去商店買檳榔。

14.2 velien 買

動作動詞受事焦點形；及物

論元結構：主事者（語意主詞／屬格）＋<u>轉移客體（語法主詞／主格）</u>

學習詞表：未收

（14-2）ku velien aicu a saviki.

ku=veli-en	a	icu	a	saviki
屬格.我＝買 - 受事焦點	主格	這	連繫詞	檳榔

我買了這個檳榔。

14.3 siveli 買給某人

動作動詞參考焦點形；及物

論元結構：主事者（語意主詞／屬格）+ 轉移客體（語法主詞／主格）+
接受者（間接受詞／斜格）
學習詞表：未收

（14-3）siniveli aicu a umaq tjai tjinuai timatju.

s\<in\>i-veli   a   icu   a   umaq   tjai
參考焦點＜完成＞-買   主格   這   連繫詞   房子   斜格
tjinuai   timatju
女名   屬格.他
這個房子是他買給 tjinuai 的。

14.4 maveli 賣得很好
動作動詞靜態形；不及物
論元結構：轉移客體（主詞／主格）
學習詞表：未收

（14-4）maveli aravac a dingva tucu a zidai.

ma-veli   aravac   a   dingva   tucu   a   zidai
靜態-賣   非常   主格   電話   現在   連繫詞   時代
在這個時代電話賣得很好。

Isbubukun Bunun 郡群布農語

14. baliv 買

動作動詞附著詞根形

論元結構：主事者名詞＋轉移客體名詞

14.1 mabaliv 買

動作動詞主事焦點形；及物

論元結構：<u>主事者（主詞／主格）</u>＋轉移客體（受詞／斜格）

學習詞表：序號 634、編號 25-06、分類 25 行動、中級

（14-1）mabaliv a Bavan mas kamasia.

ma-baliv	a	Bavan	mas	kamasia
主事焦點 - 買	主格	男名	斜格	糖果

Bavan 買糖果。

14.2 balivun 買／貴的

動作動詞受事焦點形；及物

論元結構：主事者（語意主詞／屬格）＋<u>轉移客體（語法主詞／主格）</u>

學習詞表：序號 634、編號 25-06、分類 25 行動、中級

（14-2）a. balivun in Bavan cia kamasia.

baliv-un=in	Bavan=cia	kamasia
買 - 受事焦點＝經驗貌	男名＝限定詞	糖果

Bavan 把糖果買走了。

b. balivundaingaz a kamasia a.

baliv-un-daingaz	a	kamasia=a
買 - 受事焦點 - 非常	主格	糖果＝指示詞

糖果非常的貴。

14.3 isbaliv 買給

動作動詞參考焦點形；及物

論元結構：主事者（語意主詞／屬格）＋轉移客體（受詞／斜格）＋受
　　惠者（語法主詞／主格）

學習詞表：未收

（14-3）isbaliv ku a Bavan a mas kamasia.

is-baliv=ku		a	Bavan =a		mas	kamasia
參考焦點 - 買 = 我 . 屬格		主格	男名 = 指示詞		斜格	糖果

我買糖果給 Bavan 。

14.4 babalivan 商店

名詞

處所焦點名物化

學習詞表：未收

（14-4）adu aizaan babalivan a mas kamasia?

adu	aiza-an	**ba-baliv-an**=a		mas
疑問句	存在 - 處所焦點	重疊 - 買 - 處所焦點 = 指示詞		斜格
kamasia				
糖果				

商店有糖果嗎？

Vedai Rukai 霧台魯凱語

14. langay 買

動作動詞詞根形

論元結構：主事者名詞＋轉移客體名詞

學習詞表：未收

14.1 walangay ／ lrilangay 買

動作動詞主動語態；及物

論元結構：<u>主事者（主詞／主格）</u>＋轉移客體（受詞／斜格）

學習詞表：序號 634、編號 25-06、分類 25 行動、中級

（14-1）walangaysu ku saunguluane.

w-a-langay-<u>su</u>	ku	**sa-ungulu-ane**
主動 - 實現 - 買 - 你 . 主格	斜格	工具 - 喝 - 名物化

你有買飲料。

14.2 kialangay ／ lrikilangay 被買

動作動詞被動語態；不及物

論元結構：主事者（語意主詞／斜格）＋<u>轉移客體（語法主詞／主格）</u>

學習詞表：序號 634、編號 25-06、分類 25 行動、中級

（14-2）kialangay ka saunguluane ki Balenge.

ki-a-langay	<u>ka</u>	**sa-ungulu-ane**	ki	Balenge
被動 - 實現 - 買	主格	工具 - 喝 - 名物化	斜格	女名

Balenge 有買飲料。

14.3 palangay 叫……買

使動動作動詞主動態；及物

論元結構：<u>使動者（主詞／主格）</u>＋受動者／購買者（受詞／主格）＋

受役者／商品（受詞／斜格）

學習詞表：未收

（14-3）palangay ki Balenge ku saunguluane ka sinsi.

pa-langay	ki	Balenge	ku	sa-ungulu-ane	ka	sinsi
使動 - 買	斜格	女名	斜格	工具 - 喝 - 名物化	主格	老師

老師叫 Balenge 買要喝的飲料。

14.4 taralangalangay 商人

名詞

主事名物化

學習詞表：未收

（14-4）wakela ku taralangalangay.

w-a-kela	ku	**tara-langa-langay**
實現 - 主動 - 來	主格	主事名物化 - 重疊 - 買

檳榔商會來買。

Farangaw 馬蘭阿美語

15. liwal 賣

動作動詞附著詞根形

論元結構：主事者名詞＋轉移客體名詞

15.1 paliwal 賣

使動動作動詞主事焦點形；及物

論元結構：<u>主事者／使動者（主詞／主格）</u>＋轉移客體／受動者（受詞／斜格）

學習詞表：序號 630、編號 25-02、分類 25 行動、中高級

（15-1）Paliwal ci wama to loma' no mita.

pa-liwal	ci	wama	to	loma'	no	mita
使動-賣	主格	爸爸	斜格	家	屬格	我們.包含式.所有格

爸爸出售我們的家。

15.2 paliwalen 賣掉

動作動詞受事焦點

及物動詞

使動動作動詞受事焦點形；及物

論元結構：主事者／使動者（語意主詞／屬格）＋<u>轉移客體／受動者（語法主詞／主格）</u>

學習詞表：未收

（15-2）Paliwalen ni wama koni omah.

| **paliwal-en** | | ni | wama | <u>ko-ni</u> | omah |
| 使動 - 賣 - 受事焦點 | | 屬格 | 爸爸 | 主格 - 這 | 土地 |

爸爸賣掉這裡的土地。

15.3 saliwalen 要賣的

動作動詞工具施用 + 受事焦點形；及物

論元結構：主事者（語意主詞／斜格）+ <u>轉移客體（語法主詞／主格）</u>

學習詞表：未收

（15-3）Saliwalen ni wina ko koco.

| **sa-liwal-en** | | ni | wina | <u>ko</u> | <u>koco</u> |
| 工具施用 - 賣 - 受事焦點 | | 屬格 | 媽媽 | 主格 | 鞋子 |

媽媽要賣鞋子。

15.4 sapaliwalen 要賣的東西

名詞

工具施用 + 受事焦點名物化

學習詞表：未收

（15-4）Iraay to sapaliwalen no maan?

| ira-ay | to | **sa-pa-liwal-en** | | no | maan |
| 有 - 實現 | 斜格 | 工具施用 - 使動 - 賣 - 受事焦點 | | 屬格 | 什麼 |

有沒有什麼東西要賣？

Squliq Atayal 賽考利克泰雅語

15. baziy 買

動作動詞附著詞根形

論元結構：主事者名詞＋轉移客體名詞

15.1 (m)tbaziy 賣

動作動詞主事焦點形；及物

論元結構：主事者（主詞／主格）＋轉移客體（受詞／斜格）

學習詞表：序號 630、編號 25-02、分類 25 行動、中高級

（15-1）nyux saku' tbaziy ramat syaw tuqiy.

nyux=saku'	**t-baziy**	ramat	syaw	tuqiy
正在＝我.主格	相反-買	蔬菜	旁邊	道路

我正在路旁邊賣蔬菜。

15.2 tbirun 賣

動作動詞受事焦點；及物

論元結構：主事者（語意主詞／屬格）＋轉移客體（語法主詞／主格）

學習詞表：未收

（15-2）nyux maku' tbirun qu kwara pinbahuw.

nyux=maku'	**t-baziy-un**		qu	kwara	pinbahuw
正＝我.屬格	相反-買-受事焦點		主格	全部	農作物

我正要賣全部的農作物。

15.3 tbiran 賣

動作動詞處所焦點；及物

論元結構：主事者名詞（語意主詞／屬格）＋轉移客體（語法主詞／主格）

學習詞表：未收

（15-3）wal maku' tbiran kwara pinbahuw squ syaw na tuqiy.

wal=maku'	**t-baziy-an**		kwara	pinbahuw
已經＝我.屬格	相反-買-處所焦點		全部	農作物

squ	syaw	na	tuqiy
處所格	旁邊	屬格	道路

我在路旁邊已賣了全部的農作物。

15.4 stbaziy 賣

動作動詞參考焦點形；及物

論元結構：主事者（語意主詞／屬格）＋轉移客體（語法主詞／主格）

學習詞表：未收

（15-4）stbaziy maku' Okyay qu kwara pinbahuw.

s-tbaziy=maku'		Okyay	qu	kwara	pinbahuw
參考焦點-賣＝我.屬格		客人（日借）	主格	全部	農作物

我把全部的農作物賣給客人。

Paiwan 排灣語

15. veli 買

動作動詞附著詞根形

論元結構：主事者名詞＋轉移客體名詞

15.1 paveli 賣

使動動作動詞主事焦點形；及物

論元結構：<u>使動者／賣方（主詞／主格）</u>（＋受動者／買方〔受詞／斜格〕）＋受役者／商品（受詞／斜格）

學習詞表：序號 630、編號 25-02、分類 25 行動、中高級

（15-1）uri paveli ti vuvu tua vurati.

uri	**pa-veli**	ti	vuvu	tua	vurati
非實現	使動 - 買	主格	祖父／母	斜格	地瓜

外婆要賣掉地瓜。

15.2 pavelian 賣掉

使動動作動詞處所焦點形；及物

論元結構：使動者（語意主詞／屬格）＋受動者（受詞／斜格）＋<u>受役者（語法主詞／主格）</u>

學習詞表：未收

（15-2）uri kupavelian tjay kuljelje azua vurati nutiyav.

uri	ku=**paveli-an**	tiay	kuljelje	a	zua
非現實	屬格 . 我 = 賣 - 處所焦點	斜格	男名	主格	那

vurati	nutiyav
地瓜	明天

我明天要賣掉那些地瓜給 kuljelje 。

15.3 sipaveli 被賣

使動動作動詞參考焦點形；及物

論元結構：使動者（語意主詞／屬格）＋受動者（受詞／斜格）＋<u>受役</u><u>者（語法主詞／主格）</u>

學習詞表：未收

（15-3）uri kusipaveli tjay kuljelje azua vurati nutiyav.

uri	ku=**si-paveli**		tjay	kuljelje	<u>a</u>	<u>zua</u>
非現實	屬格.我＝參考焦點-賣		斜格	男名	主格	那

<u>vurati</u>	nutiyav
地瓜	明天

我明天要賣給 kuljelje 那些地瓜。

15.4 pinavelian 賣出的錢

名詞

處所焦點名物化

學習詞表：未收

（15-4）pida pinavelian ni vuvu tua vurati?

pida	p<in>a-veli-an		ni	vuvu	tua	vurati
多少	使<完成>動-買-處所焦點		屬格	祖父／母	斜格	地瓜

外婆賣地瓜賣了多少錢？

Isbubukun Bunun 郡群布農語

15. baliv 買

動作動詞附著詞根形

論元結構：主事者名詞＋轉移客體名詞

15.1 isbaliv 賣

動作動詞參考焦點形；及物

論元結構：主事者（語意主詞／屬格）＋<u>轉移客體（語法主詞／主格）</u>＋
受惠者（受詞／斜格）

學習詞表：序號 630、編號 25-02、分類 25 行動、中高級

（15-1）isbaliv ku a kamasia sia Bavan.

is-baliv=ku		a	kamasia	sia	Bavan
參考焦點 - 賣 = 我 . 屬格		主格	糖果	處所格	男名

我把糖果賣給 Bavan。

15.2 balivan 賣

動作動詞處所焦點形；及物

論元結構：<u>處所（主詞／主格）</u>＋轉移客體（受詞／斜格）

學習詞表：未收

（15-2）babalivan saikin mas ulus.

ba-baliv-an	saikin	mas	ulus
重疊 - 賣 - 處所焦點	我 . 主格	斜格	衣服

我在賣衣服。

15.3 ispabaliv 託人賣

使動動作動詞參考焦點形；及物

論元結構：使動者／委託人（語意主詞／屬格）＋受動者／賣方（受詞

／斜格）＋<u>受役者／商品（語法主詞／主格）</u>

學習詞表：未收

（15-3）ispabaliv saicia ulus a.

is-pa-baliv	saicia	<u>ulus=a</u>
參考焦點 - 使動 - 買	他 . 斜格	衣服 = 指示詞

他受託賣衣服。

Vedai Rukai 霧台魯凱語

15. langay 買

動作動詞詞根形

論元結構：主事者名詞＋轉移客體名詞

15.1 kilangay 賣

動作動詞被動態；不及物

論元結構：主事者（語意主詞／斜格）＋轉移客體（語法主詞／主格）

學習詞表：序號 634、編號 25-06、分類 25 行動、中級

（15-1）kilangay ka kuka ki Balenge.

ki-langay	ka	kuka	ki	Balenge
被動 - 買	主格	雞	斜格	女名

Balenge 賣雞。

15.2 makilangay 互相買賣

動作動詞相互形；及物

論元結構：主事者名詞（主詞）＋受事者名詞（受詞）

學習詞表：未收

（15-2）ka lasitu makialangay lahungu.

ka	la-situ	makialangay	la-hungu
主格	複數 - 學生	互相買賣	複數 - 書籍

學生互相買賣書籍。

15.3 sakilangadhane 要賣的東西

名詞

工具名物化

學習詞表：未收

（15-3）kay becenge sakilangadhanesu.

kay	becenge	**sa-ki-langay-ane**-su
這	小米	工具 - 被動 - 買 - 名物化 - 你 . 屬格

你要賣的是小米。

15.4 kinilangadhane 被賣的

名詞

受事名物化

學習詞表：未收

（15-4）kay hungu kinilangadhanenga ki lasu.

kay	hungu	**ki-ni-langay-ane**-nga	ki	lasu
這	書	被動 - 受事（完成）- 買 - 名物化 - 了	斜格	他

這本書已經被他買走。

借

Farangaw 馬蘭阿美語

16. caliw 借（入）

動作動詞附著詞根形

論元結構：主事者名詞＋轉移客體名詞

學習詞表：序號 637、編號 25-09、分類 25 行動、中級

16.1 micaliw 借入

動作動詞主事焦點形；及物

論元結構：<u>主事者（主詞／主格）</u>＋轉移客體（受詞／斜格）

學習詞表：未收

（16-1）Micaliw kako to payso.

mi-caliw	<u>kako</u>	to	payso
主事焦點 - 借入	主格	斜格	錢

我要跟你借錢。

16.2 macaliw 借入

動作動詞受事焦點；及物

論元結構：主事者（語意主詞／屬格）＋<u>轉移客體（語法主詞／主格）</u>

學習詞表：未收

（16-2）Macaliway ningra ko payci ni Omi.

ma-caliw-ay	ningra	<u>ko</u>	<u>payci</u>	<u>ni</u>	<u>Omi</u>
受事焦點 - 借入 - 實現	他 . 屬格	主格	錢	屬格	人名

Omi 的錢借給他。

16.3 sapicaliw 借出

動作動詞工具施用形；及物

論元結構：主事者（語意主詞／屬格）＋轉移客體（語法主詞／主格）＋
　　接受者（受詞／斜格）

學習詞表：未收

（16-3）Sapicaliw ningra koni waco ni wama.

sa-pi-caliw	ningra	<u>ko-ni</u>	waco	ni	wama
工具施用 -PI- 借入	他 . 屬格	主格 . 這	狗	屬格	爸爸

爸爸的狗借給他。

16.4 pacaliwen 借出

使動動作動詞受事焦點形；及物

論元結構：使動者／借出者（語意主詞／屬格）＋受動者／借入者（語
　　法主詞／主格）＋轉移客體（受詞／斜格）

學習詞表：未收

（16-4）Pacaliwen kako to tilid iso.

pa-caliw-en	<u>kako</u>	to	tilid=iso
使動 - 借入 - 受事焦點	我 . 主格	斜格	書 = 我 . 屬格

借給我一下你的書。

Squliq Atayal 賽考利克泰雅語

16. ksyug 借

動作動詞詞根形

論元結構：主事者名詞＋轉移客體名詞

16.1 ksyuw 借入

動作動詞主事焦點形；及物

論元結構：<u>主事者名詞（主詞／主格）</u>＋轉移客體（受詞／斜格）

學習詞表：序號 637、編號 25-09、分類 25 行動、中級

（16-1）ima wal ksyuw pila'?

<u>ima</u>	wal	**ksyuw**	pila'
誰	完成貌	借	錢

誰借了錢？

16.2 ksyugun 借

動作動詞受事焦點；及物

論元結構：主事者（語意主詞／屬格）＋<u>轉移客體（語法主詞／主格）</u>

學習詞表：未收

（16-2）ksyugun maku' qu qutux yupun kira.

ksyug-un=maku'		<u>qu</u>	<u>qutux</u>	<u>yupun</u>	<u>kira</u>
借入 - 受事焦點＝我 . 屬格		主格	一	褲子	等會兒

褲子我等會兒借。

16.3 ksyugan 借

動作動詞處所焦點形；及物

論元結構：主事者（語意主詞／屬格）＋<u>轉移客體（（語法主詞／主格）</u>

學習詞表：未收

（16-3）wal maku' ksyugan qu qutux yopun ni Yukan.

wal=maku'　　**ksyug-an**　　　qu　qutux yopun ni　　Yukan

已經＝我．屬格　借-受事焦點　主格　一　　褲子　屬格　人名（男）

我已經借一件 Yukan 的褲子了。

16.4 sksyuw 借

動作動詞參考焦點形；及物

論元結構：主事者（語意主詞／屬格）+ <u>受惠者（語法主詞／主格）</u>+
　　轉移客體（受詞／斜格）

學習詞表：未收

（16-4）ani maku' sksyuw qqway qu yaya' maku'.

ani=maku'　　**s-ksyuw**　　　qqway　qu　　yaya'=maku'

ANI= 我．屬格　參考焦點-借　筷子　主格　媽媽＝我．屬格

我幫我媽媽借筷子。

Paiwan 排灣語

16. sedjam 借入

動作動詞詞根形

論元結構：主事者名詞＋轉移客體名詞

16.1 kisedjam 借入

動作動詞主事焦點形；及物

論元結構：<u>主事者名詞（主詞／主格）</u>＋轉移客體（受詞／斜格）

學習詞表：序號 637、編號 25-09、分類 25 行動、中級

（16-1）kisedjam aken tjaimadju ta zidinsia.

kisedjam=<u>aken</u>		tjaimadju	ta	zidinsia
主事焦點 . 借入 = 主格 . 我		斜格 . 他	斜格	腳踏車

我跟他借的腳踏車。

16.2 pasedjam 借出（使借入）

使動動作動詞主事焦點形；及物

論元結構：<u>使動者／借出者（主詞／主格）</u>（＋受動者／借入者（受詞／
　　斜格））＋受役者／物品（受詞／斜格）

學習詞表：未收

（16-2）uri pasedjam aken tjai ljavaus tua ku sipayzan.

uri	**pa-sedjam**=<u>aken</u>	tjai	ljavaus	tua	ku=sipayzan
非實現	使動 - 借入 = 主格 . 我	屬格	女名	斜格	屬格 . 我 = 扇子

我將要把我的扇子借給 ljavaus。

16.3 pasedjaman 借

使動動作動詞處所焦點形；及物

論元結構：使動者（語意主詞／屬格）（＋受動者〔語法主詞／主格〕）＋

<u>受役者（受詞／斜格）</u>

學習詞表：未收

（16-3）tima a uri su pasedjaman tua sipayzan?

<u>tima</u>	a	uri	su=pa-sedjam-an		tua
誰	主格	非實現	屬格.你＝使動-借入-處所焦點		斜格

sipayzan
扇子

你要把扇子借給誰？

16.4 sipasedjam 借給某人

使動動作動詞參考焦點形；及物

論元結構：使動者（語意主詞／屬格）＋受動者（受詞／斜格）＋<u>受役</u>
<u>者（語法主詞／主格）</u>

學習詞表：未收

（16-4）ku sinipasedjam tjai ljavaus a ku sipayzan.

ku=s<in>i-pa-sedjam		tjai	ljavaus
屬格.我＝參考焦點＜完成＞-使動-借入		屬格	女名

a	ku=sipayzan
主格	屬格.我＝扇子

我有把我的扇子借給 ljavaus。

Isbubukun Bunun 郡群布農語

16. simul 借入

動作動詞詞根形

論元結構：主事者名詞＋轉移客體名詞

16.1 simul 借入

動作動詞主事焦點形；及物

論元結構：<u>主事者名詞（主詞／主格）</u>＋轉移客體（受詞／斜格）

學習詞表：序號 637、編號 25-09、分類 25 行動、中級

（16-1）simul saikain mas itu Bavan tu tanga.

simul	<u>saikain</u>	mas	itu=Bavan	tu	tanga
借	我 . 主格	斜格	所有格＝男名	連繫詞	鋤頭

我跟 Bavan 借鋤頭。

16.2 simulun 借入

動作動詞受事焦點；及物

論元結構：主事者（語意主詞／屬格）＋<u>轉移客體（語法主詞／主格）</u>

學習詞表：未收

（16-2）simulun ku itu Bavan cia tanga a.

simul-un=ku	itu=Bavan=cia	tanga=a
借 - 受事焦點＝我 . 屬格	所有格＝男名＝限定詞	鋤頭＝指示詞

我跟 Bavan 借鋤頭。

16.3 issimul 為……借入

動作動詞參考焦點形；及物

論元結構：主事者（語意主詞／屬格）＋轉移客體（受詞／斜格）＋<u>受
惠者（語法主詞／主格）</u>

學習詞表：未收

（16-3）issimul ku a Bavan mas tanga.

is-simul=ku		a	Bavan	mas	tanga
參考焦點 - 借 = 我 . 屬格		主格	男名	斜格	鋤頭

我幫 Bavan 借鋤頭。

16.4 simulan 從……借入

動作動詞處所焦點形；及物

論元結構：主事者（語意主詞／屬格）+ 轉移客體（受詞／斜格）+ <u>來源（語法主詞／主格）</u>

學習詞表：未收

（16-4）sisimulan ku saia mas sui.

si-simul-an=ku	saia	mas	sui
重疊 - 借 - 處所焦點 = 我 . 屬格	他 . 主格	斜格	錢

我常常跟他／那間（當鋪）借錢。

Vedai Rukai 霧台魯凱語

16. kisaalru 借入

動作動詞詞根形

論元結構：主事者名詞 + 轉移客體名詞

16.1 wakisaalru ／ lrikisaalru 借入

動作動詞主動語態；及物

論元結構：主事者名詞（主詞／主格）+ 轉移客體（受詞／斜格）+ 來
源（受詞／斜格）

學習詞表：未收

（16-1）lrikisaalruaku ki Lavakaw ku paisu.

lri-kisaalru-aku		ki	Lavakaw	ku	paisu
非實現 - 借 - 我 . 主格		斜格	男名	斜格	錢

我要向 Lavakaw 借錢。

16.2 pakisaalru 借出

使動動作動詞主動態；及物

論元結構：使動者（主詞／主格)+ 受動者（受詞／斜格)+ 移轉客體（受
詞／斜格）

學習詞表：未收

（16-2）pakiasaalruaku ki Lavakaw ku paisu.

pa-kiasaalru-aku	ki	Lavakaw	ku	paisu
使動 - 借 - 我 . 主格	斜格	男名	斜格	錢

我有把錢借給 Lavakaw 。

16.3 tarakisaalru 借錢的人

名詞

主事名物化

學習詞表：未收

（16-3）ka Tuku tarakisaalru nakwane ku piasu.

ka	Tuku	**tara-kisaalru**	nakwane	ku	piasu
主格	女名	主事 - 借	我 . 斜格	斜格	錢

Tuku 常常向我借錢。

16.4 akisaalruane 要借的東西

名詞

受事名物化

學習詞表：未收

（16-4）ku akisaalruaneli amani kwini hungu.

ku	**a-kisaalru-ane**-li	amani	kwini	hungu
斜格	受事 - 借 - 名物化 - 我 . 屬格	就是	那個 . 主語	書

我要借的就是那本書。

編織

Farangaw 馬蘭阿美語

17. tinooy 紡織

動作動詞附著詞根形

論元結構：主事者名詞＋受事者名詞

17.1 mitinooy 編織

動作動詞主事焦點形；及物

論元結構：主事者（主詞／主格）＋受事者（受詞／斜格）

學習詞表：序號 537、編號 18-03、分類 18 織布服飾、中高級

（17-1）O ina ko mitinooy to kiradom.

o	ina	ko	**mi-tinooy**	to	kiradom
名詞類別	媽媽	主格	主事焦點 - 紡織	斜格	布

是媽媽在織布。

17.2 matinooy 編織

動作動詞受事焦點；及物

論元結構：主事者（語意主詞／屬格）＋受事者（語法主詞／主格）

學習詞表：未收

（17-2）Matinooy koni tisaki ni wina.

ma-tinooy	ko-ni	tisaki	ni	wina
受事焦點 - 編織	主格 - 這	手提袋	屬格	媽媽

是媽媽編織這個手提袋。

17.3 sapitinooy 織布機

名詞

工具施用名物化

學習詞表：未收

（17-3）Mafana' kiso to sapitinooy han?

ma-fana'	kiso	to	**sa-pi-tinooy**	han
主事焦點 - 知道	你 . 主格	斜格	工具施用 -PI- 紡織	如此說

你會用織布機嗎？

17.4 papitinooyan 讓人織布／叫人織布

使動動作動詞主事焦點形；及物

論元結構：使動者／囑託者（語意主詞／屬格）+ <u>受動者／織布者（語法主詞／主格）</u> + 受役者／織物（受詞／斜格）

學習詞表：未收

（17-4）Papitinooyan ni 'ali kako idadaya.

pa-pi-tinooy-an	ni	'ali	<u>kako</u>	idadaya
使動 -PI- 編織 - 處所施用	屬格	嫂嫂	我 . 主格	昨天晚上

是嫂嫂昨晚叫我織布。

Squliq Atayal 賽考利克泰雅語

17. tcinun 編織

動作動詞詞根形

論元結構：主事者名詞 + 受事者名詞

17.1 tminun 編織

動作動詞主事焦點形；及物

論元結構：<u>主事者（主詞／主格）</u>+ 受事者（受詞／斜格）

學習詞表：序號 537、編號 18-03、分類 18 織布服飾、中高級

（17-1）nyux tminun i yaki' Pisuy.

nyux	t<m>inun		i	yaki'	Pisuy
正在	編 < 主事焦點 > 織		主格	阿嬤	人名（女）

阿嬤 Pisuy 正在編織。

17.2 cinnunan 編織

動作動詞處所焦點；及物

論元結構：主事者（語意主詞／屬格）+ <u>受事者（語法主詞／主格）</u>

學習詞表：未收

（17-2）cinnunan maku' qu kiri.

c<in>nun-an=maku'		qu	kiri
編 < 完成貌 > 織 = 我 . 屬格		主格	揹簍

我編織揹簍。

17.3 stcinun 用來編織

動作動詞參考焦點形；及物

論元結構：主事者（語意主詞／屬格）+ 受事者（受詞／斜格）+ <u>工具（語法主詞／主格）</u>

學習詞表：未收

（17-3）stcinun maku' wakil qu ikus qani.

s-tcinun=maku'		wakil	qu	ikus	qani
參考焦點 - 編織 = 我 . 屬格		織帶	主格	梭子	這個

我用這個梭子編織織帶。

17.4 cinninan 織品

名詞

處所焦點名物化

學習詞表：未收

（17-4）betunux balay ktan qu cinninan nya.

betunux	balay	kt-an	qu
漂亮	非常	看 - 處所焦點	主格

c<in>nin-an=nya

編 < 完成 > 織 - 處所焦點 = 他 . 屬格

他的織品都很漂亮。

Paiwan 排灣語

17. cepu 編織之意

動作動詞附著詞根形

論元結構：主事者名詞＋受事者名詞

17.1 cempu 編織（東排）／ **cemaqis**（南排）／ **tjemqic**（北排）

動作動詞主事焦點形；及物

論元結構：<u>主事者（主詞／主格）</u>＋受事者（受詞／斜格）

學習詞表：序號 537、編號 18-03、分類 18 織布服飾、中高級

（17-1）tjengelay aken a cempu tua sikau.

tjengelay=aken	a	cpu	tua	sikau
喜歡＝主格．我	連繫詞	編＜主事焦點＞織	斜格	背包

我喜歡編織背包。

17.2 sicepu 用來編織

動作動詞參考焦點形；及物

論元結構：主事者（語意主詞／屬格）＋<u>工具（語法主詞／主格）</u>＋受
事者（受詞／斜格）

學習詞表：未收

（17-2）anema sinicepu ta vuvu tua ljaviya?

anema	s<in>i-cepu	ta	vuvu	tua	ljaviya
什麼	參考焦點＜完成＞-編織	斜格	祖父／母	斜格	芒草

祖母用芒草編織什麼呢？

17.3 cinpu 編織品

名詞

受事焦點形名物化

學習詞表：未收

（17-3）velican aicu a cinpu.

velic-an	a	icu	a	c\<in\>pu
丟 - 處所焦點	主格	這	連繫詞	編 < 受事焦點 > 織

把這個編織品丟掉。

17.4 cepuin 編織的材料

名詞

受事焦點形名物化

學習詞表：未收

（17-4）uri vaik aken a sikingangat ta cepuin.

uri	vaik=aken	a	si-ki-ngangat	ta
非實現	去 = 主格 . 我	連繫詞	參考焦點 - 取得 - 月桃葉	斜格

cepu-in

編織 - 受事焦點

我要去採月桃葉來作為編織的材料。

Isbubukun Bunun 郡群布農語

17. cindun 編織

動作動詞附著詞根形

論元結構：主事者名詞＋受事者名詞

17.1 macindun 編織

動作動詞主事焦點形；及物

論元結構：<u>主事者（主詞／主格）</u>＋受事者（受詞／斜格）

學習詞表：序號 537、編號 18-03、分類 18 織布服飾、中高級

（17-1）macindun a maluspingaz a mas habang.

ma-cindun	<u>a</u>	maluspingaz=a	mas	habang
主事焦點 - 編織	主格	婦女＝指示詞	斜格	男上衣

那女子正在編織男上衣。

17.2 cindunun 編織／被編織

動作動詞受事焦點；及物

論元結構：主事者（語意主詞／屬格）＋<u>受事者（語法主詞／主格）</u>

學習詞表：未收

（17-2）cindunun maluspignaz cia a davaz an.

cindun-un	maluspingaz=cia	<u>a</u>	davaz=an
編織 - 受事焦點	女人＝指示詞	主格	男用網袋＝指示詞

這男用網袋是那位婦女所編織的。

17.3 iscindun 用來編織

動作動詞參考焦點形；及物

論元結構：主事者（語意主詞／屬格）＋<u>受惠者／工具（語法主詞／主格）</u>
　　＋受事者（受詞／斜格）

學習詞表：未收

（17-3）a. iscindun sain tu kikai mas mahaiav.

is-cindun	sain	tu	kikai	mas	mahaiav
參考焦點 - 編織	這	連繫詞	機器	斜格	麻布

這臺機器用來織麻布。

b. iscindun saikin mas cina cia habang.

is-cindun	saikin	mas	cina=cia	habang
參考焦點 - 編織	我 . 主格	屬格	媽媽＝指示詞	長上衣

媽媽為我編織長上衣給我穿。

17.4 iscicindun 編網針／紡織機

名詞

參考焦點名物化

學習詞表：序號 544、編號 18-10、分類 18 織布服飾、高級

（17-4）maz a isicicindun hai iscindun mas mahaiav.

maz	a	**is-ci-cindun**	hai	is-cindun
主題	主格	參考焦點 - 重疊 - 編織	主題	參考焦點 - 編織

mas	mahaiav
斜格	麻布

紡織機用來織麻布。

Vedai Rukai 霧台魯凱語

17. tinunu 編織

動作動詞詞根形

論元結構：主事者名詞 + 受事者名詞

17.1 watinunu ／ lritinunu 編織

動作動詞主動語態；及物

論元結構：<u>主事者（主詞／主格）</u> + 受事者（受詞／斜格）

學習詞表：序號 537、編號 18-03、分類 18 織布服飾、中高級

（17-1）watinunu ka Tuku ki laymay.

w-a-tinunu	<u>ka</u>	<u>Tuku</u>	ki	laymay
主動 - 實現 - 織布	主格	女名	斜格	衣服

Tuku 織（她的）衣服。

17.2 kiatinunu ／ lrikinunu 編織

動作動詞被動語態；不及物

論元結構：主事者（語意主詞／斜格） + <u>受事者（語法主詞／主格）</u>

學習詞表：未收

（17-2）kiatinunu ku laymay ki Tuku.

ki-a-tinunu	<u>ku</u>	<u>laymay</u>	ki	Tuku
被動 - 實現 - 織布	主格	衣服	斜格	女名

Tuku 織（她的）衣服。

17.3 satinunuane 織布的工具

名詞

工具名物化

學習詞表：未收

（17-3）arayaku ku satinunuaneli tinunu.

aray-aku	ku	**sa-tinunu-ane**-li	tinunu
使用 - 我 . 主格	斜格	工具 - 織布 - 名物化 - 我 . 屬格	織布

我使用我織布的工具織布。

17.4 atinunuane 要織布的

名詞

受事名物化

學習詞表：未收

（17-4）lrikibulruaku ki ina ku atinunuane.

lri-ki-bulru-aku	ki	ina	ku
非實現 - 被動 - 教 - 我 . 主格	斜格	媽媽	斜格

a-tinunu-ane

受事 - 織布 - 名物化

媽媽將要教我織布。

狩獵

Farangaw 馬蘭阿美語

18. 'adop 打獵

動作動詞詞根形

論元結構：主事者名詞 + 受事者名詞

18.1 mi'adop 狩獵

動作動詞主事焦點形；及物

論元結構：主事者（主詞／主格）+ 受事者（受詞／斜格）

學習詞表：未收

（18-1）Mi'adop kami to fafoy.

mi-'adop	kami	to	fafoy
主事焦點 - 狩獵	我們.排除式.主格	斜格	野豬

我們狩獵野豬。

18.2 'adopen 獵獲

動作動詞受事焦點形；及物

論元結構：主事者（語意主詞／屬格）+ 受事者（語法主詞／主格）

學習詞表：未收

（18-2）'Adopen niyam koya fafoy nacila.

'adop-en	niyam	ko-ya	fafoy	na-cila
狩獵 - 受事焦點	我們.排除式.所有格	主格 - 那	野豬	NA- 另外

我們昨天狩獵了那頭野豬。

18.3 sa'adop 獵場

名詞

工具施用名物化

學習詞表：未收

（18-3）O sa'adop ni Kacaw koni a lotok.

o	**sa-'adop**	ni	Kacaw	ko-ni	a	lotok
名詞類別	工具施用 - 狩獵	屬格	人名	主格 - 這	連繫詞	山林

這座山是 Kacaw 狩獵的地方。

18.4 papi'adopan 使打獵

使動動作動詞處所施用形；及物

論元結構：使動者／吩咐者（語意主詞／屬格）＋受動者／打獵者（語法主詞／主格）＋受役者／獵物（受詞／斜格）

學習詞表：未收

（18-4）Papi'adopan ni wama ci Kacaw.

pa-pi-'adop-an	ni	wama	ci	Kacaw
使動 -PI- 打獵 - 處所施用	屬格	爸爸	主格	人名

爸爸叫 Kacaw 去狩獵。

Squliq Atayal 賽考利克泰雅語

18. qalup 狩獵

動作動詞詞根形

論元結構：主事者名詞＋受事者名詞

18.1 qmalup 狩獵

動作動詞主事焦點形；及物

論元結構：<u>主事者（主詞／主格）</u>＋受事者（受詞／斜格）

學習詞表：未收

（18-1）baq balay qmalup i Yumin.

baq	balay	q\<m\>alup	i	Yumin
會	非常	狩獵 < 主事焦點 >	主格	人名

Yumin 非常會狩獵。

18.2 qlupun 打獵

動作動詞受事焦點；及物

論元結構：主事者（語意主詞／屬格）＋<u>受事者（語法主詞／主格）</u>

學習詞表：未收

（18-2）nanu wal nya qlupun i Yumin?

<u>nanu</u>	wal=nya	**qlup-un**	i	Yumin
什麼	已經 = 他 . 屬格	打獵 - 受事焦點	主格	人名

Yumin 獵到了什麼？

18.3 qlupan 打獵

動作動詞處所焦點；及物

論元結構：主事者（語意主詞／屬格）＋受事者（受詞／斜格）＋<u>處所（語法主詞／主格）</u>

學習詞表：未收

（18-3）nwahan nya qlupan qu rgyax shera Yumin.

n-wah-an=nya		**qlup-an**	**qu**
完成式-來-受事焦點=他.屬格		狩獵-處所焦點	主格

rgyax	shera	Yumin
森林	昨日	人名

Yumin 他昨日去山林狩獵。

18.4 sqalup 用……打獵

動作動詞參考焦點形；及物

論元結構：主事者（語意主詞／屬格）+ 受事者（受詞／斜格）+ 工具（語法主詞／主格）

學習詞表：未收

（18-4）musa saku' sqalup rgyax qu huzil.

m-usa=saku'	**s-qalup**	rgyax	qu	huzil
主事焦點-去=我.主格	參考焦點-狩獵	山	主格	狗

我用狗去山上狩獵。

Paiwan 排灣語

18. qaljup 打獵

動作動詞詞根形

論元結構：主事者名詞＋受事者名詞

18.1 qemaljup ／ lemaing 獵捕（中排）

動作動詞主事焦點形；及物

論元結構：主事者（主詞／主格）＋受事者（受詞／斜格）

學習詞表：序號 747、編號 26-67、分類 26 肢體動作、高級

（18-1）uri vaik a qemaljup a uqaljaqaljai i qinaljan nutiyaw.

uri	vaik	a	**q\<em\>aljup**	a	uqaljaqaljai
非實現	去	連繫詞	打＜主事焦點＞獵	主格	男人

i	qinaljan	nutiyaw
在	部落	明天

部落的男人明天要去打獵。

18.2 siqaljup 獵

動作動詞參考焦點形

論元結構：主事者（語意主詞／屬格）＋受事者名詞（受詞／斜格）＋
　　工具（語法主詞／主格）

學習詞表：未收

（18-2）anema siniqaljup ni cinunan taicu a vavuy?

anema	**s\<in\>i-qaljup**	ni	cinunan	ta	icu
什麼	參考焦點＜完成＞- 狩獵	屬格	獵人	斜格	這

a	vavuy
連繫詞	山豬

獵人用什麼來獵到這隻山豬呢？

18.3 qaljuqaljupen 狩獵祭壇
名詞

受事焦點形名物化

學習詞表：未收

（18-3）aicu a cinunan, vaik a qaljuqaljupen nutiyaw.

  a   icu a   cinunan vaik a   **qalju-qaljup-en**
  主格 這 連繫詞 獵人   去 連繫詞 重疊-狩獵-受事焦點
nutiyaw
明天

這個獵人明天要去狩獵祭壇。

18.4 qaqaljupan 打獵的地方
名詞

處所焦點形名物化

學習詞表：未收

（18-4）inu a su qaqaljupan?

  inu   a   **su=qa-qaljup-an**
  哪裡 主格   屬格.你=重疊-打獵-處所焦點

你的獵場在哪裡？

Isbubukun Bunun 郡群布農語

18. 狩獵 hanup

動作動詞詞根形

論元結構：主事者名詞＋受事者名詞

18.1 (ma) hanup 狩獵

動作動詞主事焦點形；及物

論元結構：<u>主事者（主詞／主格）</u>＋受事者（受詞／斜格）

學習詞表：未收

（18-1）(ma) hanup a Bavan mas aval.

ma-hanup	<u>a</u>	Bavan	mas	aval
主事焦點 - 狩獵	主格	男名	斜格	飛鼠

Bavan 去獵飛鼠。

18.2 ishanup 獵槍

動作動詞參考焦點形；及物

論元結構：主事者（語意主詞／屬格）＋受事者（受詞／斜格）＋<u>工具（語法主詞／主格）</u>

學習詞表：未收

（18-2）ishahanup saicia a busul mas aval.

is-ha-hanup	saicia	<u>a</u>	busul	mas	aval
參考焦點 - 重疊 - 狩獵	他	主格	獵槍	斜格	飛鼠

他常常用獵槍打飛鼠。

18.3 hanupan 獵場

名詞

處所焦點名物化

學習詞表：未收

（18-3）itu Bavan cia saia tu hanupan.

itu=Bavan=cia		saia	tu	**hanup-an**
所有格 = 男名 = 指示詞	那	連繫詞	打獵 - 處所焦點

那是 Bavan 的獵場。

18.4 ishahanup 獵具／獵槍

名詞

參考焦點形名物化

學習詞表：未收

（18-4）mahansiap saia ka'uni mas ishahanup.

ma-hansiap	saia	ka'uni	mas
主事焦點 - 狩獵	他 . 主格	主事焦點 . 製作	斜格

is-ha-hanup

參考焦點 - 重疊 - 狩獵

他擅長製造狩獵工具。

Vedai Rukai 霧台魯凱語

18. alupu 狩獵

動作動詞詞根形

論元結構：主事者名詞＋受事者名詞

18.1 waalupu ／ lrialupu 狩獵

動作動詞主動語態；及物

論元結構：<u>主事者（主詞／主格）</u>＋受事者（受詞／斜格）

學習詞表：未收

（18-1）waalupu ka ama kwini kiu.

w-a-alupu	ka	ama	kwini	kiu
主動 - 實現 - 狩獵	主格	爸爸	那	羊

爸爸狩獵那個羊。

18.2 kiaalupu ／ lrikialupu 狩獵

動作動詞被動語態；不及物

論元結構：主事者（語意主詞／斜格）+受事者（受詞／斜格）+<u>工具（語法主詞／主格）</u>

學習詞表：未收

（18-2）kiaalupu kwini kiu ki ama.

ki-a-alupu	kwini	kiu	ki	ama
被動 - 實現 - 狩獵	那	羊	斜格	爸爸

爸爸狩獵那個羊。

18.3 paalupu 使狩獵

使動動作動詞主動態；及物

論元結構：<u>使動者（主詞／主格）</u>＋受動者／狩獵者（受詞／斜格）＋

受役者／獵物（受詞／斜格）

學習詞表：未收

（18-3）wapaalupusu ki aneane kwini kiu?

w-a-**pa-alupu**-<u>su</u>			ki	aneane	kwini	kiu
主動 - 實現 -- 使動 - 狩獵 - 你 . 主格	斜格	誰	那	羊		

你叫誰狩獵那個羊？

18.4 saalupuane 狩獵的工具

名詞

工具名物化

學習詞表：未收

（18-4）kiwni kadray ka saalupuane ki kange.

kiwni	kadray	ka	**sa-alupu-ane**	ki	kange
那	漁網	主格	工具 - 狩獵 - 名物化	斜格	魚

那個漁網是狩獵魚的。

射擊

Farangaw 馬蘭阿美語

19. kowang 火銃／步槍

名詞

學習詞表：序號 519、編號 16-05、分類 16 狩獵、高級

19.1 mikowangay 射擊

動作動詞主事焦點形；及物

論元結構：<u>主事者（主詞／主格）</u>＋受事者（受詞／斜格）

學習詞表：序號 690、編號 26-10、分類 26 肢體動作、中級

（19-1）Mikowangay ci wama to 'ayam.

mi-kowang-ay	ci	wama	to	'ayam
主事焦點 - 槍 - 實現	主格	爸爸	斜格	鳥

爸爸用槍射擊鳥。

19.2 kowangen 槍擊／槍殺

動作動詞受事焦點；及物

論元結構：主事者（語意主詞／屬格）＋<u>受事者（語法主詞／主格）</u>

學習詞表：未收

（19-2）Kowangen no kapah korira 'ada.

kowang-en	no	kapah	ko-rira	'ada
槍 - 受事焦點	屬格	青年	主格 - 那	敵人

那些敵人由青年去槍擊。

19.3 sapikowang 槍殺的工具

動作動詞工具施用形；及物

論元結構：主事者（語意主詞／斜格）+ 受事者（受詞／斜格）+ 工具（語
　法主詞／主格）

學習詞表：未收

（19-3）Sapikowang to fafoy ni Kacaw konian.

sa-pi-kowang 　　to 　　fafoy 　ni 　　Kacaw 　ko-ni-an
工具施用 -PI- 槍 　斜格 　野豬 　屬格 　人名 　　主格 - 這 -AN
這是 Kacaw 拿來槍殺野豬的工具。

19.4 papikowangan 用槍射擊

使動動作動詞主事焦點形；及物

論元結構：使動者／吩咐者（語意主詞／屬格）+ 受動者／打獵者（語
　法主詞／主格）+ 受役者／獵物（受詞／斜格）

學習詞表：未收

（19-4）Papikowangan ni wama ci Kacaw to fafoy.

pa-pi-kowang-an 　　　ni 　wama 　ci 　Kacaw 　to 　fafoy
使動 -PI- 槍 - 處所施用 　屬格 　爸爸 　主格 　人名 　斜格 　野豬
爸爸叫 Kacaw 用槍射擊那隻壯碩的野豬。

Squliq Atayal 賽考利克泰雅語

19. bu' 射

動作動詞詞根形

及物動詞

論元結構：主事者名詞＋受事者名詞

19.1 mu' 射

動作動詞主事焦點形

及物動詞

論元結構：<u>主事者名詞（主詞）</u>＋受事者名詞（受詞）

學習詞表：序號 690、編號 26-10、分類 26 肢體動作、中級

（19-1）baq saku' mu' slqi.

baq=<u>saku'</u>	**m-bu'**	slqi
會＝我．主格	主事焦點 - 射	箭

我會射箭。

19.2 bun 射

動作動詞受事焦點

及物動詞

論元結構：主事者名詞（語意主詞／斜格）＋<u>受事者名詞（語法主詞／</u>
<u>主格）</u>

學習詞表：未收

（19-2）bun maku' btunux qu huzil qasa.

bu'-un=maku'	btunux	<u>qu</u>	<u>huzil</u>	<u>qasa</u>
丟 - 受事焦點＝我．屬格	石頭	主格	狗	那

我要丟狗石頭。

19.3 bwan 射

動作動詞處所焦點

及物動詞

論元結構：主事者名詞（語意主詞／斜格）+ <u>受事者名詞（語法主詞／</u>
<u>主格）</u>

學習詞表：未收

（19-3）ska wagi ga, bwan na wagi qu qalang myan la.

ska	wagi	ga	bu'-an	na	wagi	qu
中間	太陽	主題	射-處所焦點	屬格	太陽	主格

qalang=myan	la
部落＝我們.屬格	了

中午我們部落被太陽照射了！

19.4 sbu' 用……射

動作動詞工具焦點形／受惠焦點形

及物動詞

論元結構：主事者名詞（語意主詞／斜格）+ <u>受惠者／工具（語法主詞</u>
<u>／主格）</u>+ 受事者名詞（受詞／斜格）

學習詞表：未收

（19-4）sbu' maku' qbhniq qu bhoniq kira.

s-bu'=maku'	qbhniq	qu	bhoniq	kira
參考焦點＝我.屬格	鳥	主格	彈弓	等會兒

我等會兒用彈弓射鳥。

Paiwan 排灣語

19. kuang 槍（南排、北排）／ kuwang（中排、東排）

名詞

學習詞表：序號 519、編號 16-05、分類 16 狩獵、高級

19.1 kemuang 射擊（南排、中排）／ kemuwang（東排）／ cemalis（北排）

動作動詞主事焦點形；及物

論元結構：<u>主事者（主詞／主格）</u>+ 受事者（受詞／斜格）

學習詞表：序號 690、編號 26-10、分類 26 肢體動作、中級

（19-1）kicaquan ti kaka kemuang tua sizi.

kicaquan	<u>ti</u>	<u>kaka</u>	k\uang	tua	sizi
學習	主格	哥哥	射 < 主事焦點 > 擊	斜格	山羊

哥哥以山羊作為練習射擊的目標物。

19.2 kinuangan 被射中

動作動詞處所焦點；及物

論元結構：主事者（語意主詞／屬格）+ <u>受事者（語法主詞／主格）</u>

學習詞表：未收

（19-2）kinuangan azua vavuy ni vuvu.

k\<in>uang-an	<u>a</u>	<u>zua</u>	<u>vavuy</u>	ni	vuvu
射 < 完成 > 擊 - 處所焦點	主格	那	山豬	屬格	祖父／母

那隻山豬是被祖父射中的。

19.3 sikuang 用來射擊

動作動詞參考焦點形；及物

論元結構：主事者（語意主詞／斜格）+ 受事者（受詞／斜格）+ <u>工具（語</u>

法主詞／主格）

學習詞表：未收

（19-3）anema sinikuang ni vuvu tua vavuy?

anema　**s\<in\>i-kuang**　　　　ni　vuvu　tua　vavuy
什麼　參考焦點＜完成＞- 射擊　屬格　祖父／母　斜格　山豬

祖父是用什麼來射擊山豬呢？

19.4 kuakuang 玩具槍

名詞

重疊

學習詞表：未收

（19-4）inu a su kuakuang?

inu　　　a　　　su=**kua-kuang**
哪裡　　主格　　屬格 . 你＝重疊 - 槍

你的玩具槍在哪裡？

Isbubukun Bunun 郡群布農語

19. panah 射擊
動作動詞詞根形
論元結構：主事者名詞＋受事者名詞

19.1 manah 射擊
動作動詞主事焦點形；及物
論元結構：主事者（主詞／主格）＋受事者（受詞／斜格）
學習詞表：序號 690、編號 26-10、分類 26 肢體動作、中級

（19-1）manah Bavan a mas babu.

manah	Bavan=a		mas	babu
主事焦點 . 射擊	男名＝指示詞		斜格	豬

Bavan 射豬。

19.2 panahun 被射
動作動詞受事焦點；及物
論元結構：主事者（語意主詞／屬格）＋受事者（語法主詞／主格）
學習詞表：未收

（19-2）panahun in Bavan cia a babu.

panah-un=in	Bavan=cia	a	babu
射擊 - 受事焦點＝完成	男名＝限定詞	主格	豬

豬被 Bavan 射到了。

19.3 ispanah 用……射擊
動作動詞參考焦點形；及物
論元結構：主事者（語意主詞／斜格）＋受事者（受詞／斜格）＋工具（語法主詞／主格）

學習詞表：未收

（19-3）na ispanah ku a busulkavi a mas hanvang.

    na=**is-panah**=ku　　　　　　　　a　　busulkavi=a　　　mas

    非實現＝參考焦點-射＝我.屬格　主格　弓箭＝指示詞　斜格

    hanvang

    牛

    我要用弓箭射牛。

19.4 ispapanah 射擊工具

名詞

參考焦點名物化

學習詞表：序號 544、編號 18-10、分類 18 織布服飾、高級

（19-4）na isbaliv ku a Bavan mas ispapanah.

    na=is-baliv=ku　　　　　　　　a　　Bavan　　mas

    非實現貌＝參考焦點-買＝我.屬格　主格　男名　　斜格

    is-pa-panah

    參考焦點-重疊-射擊

    我為 Bavan 買射擊工具。

Vedai Rukai 霧台魯凱語

19. esele 射擊

動作動詞詞根形

論元結構：主事者名詞＋受事者名詞

19.1 waesele ／ lriesele 射擊

動作動詞主動語態；及物

論元結構：主事者（主詞／主格）＋受事者（受詞／斜格）

學習詞表：序號 690、編號 26-10、分類 26 肢體動作、中級

（19-1）waesele ka Lavakaw ki babwi.

w-a-esele	ka	Lavakaw	ki	babwi
主動 - 實現 - 射擊	主格	男名	斜格	山豬

Lavakaw 有射擊山豬。

19.2 kiaesele ／ lriesele 被射擊

動作動詞被動語態；不及物

論元結構：主事者（語意主詞／斜格）＋受事者（語法主詞／主格）

學習詞表：未收

（19-2）kiaesele ka babwi ki Lavakaw.

ki-a-esele	ka	babwi	ki	Lavakaw
被動 - 實現 - 射擊	主格	山豬	斜格	男名

山豬有被 Lavakaw 射擊。

19.3 paesele 使射擊

使動動作動詞主動態；及物

論元結構：主事者（語意主詞／斜格）＋工具（語法主詞／主格）＋客體（受詞／斜格）

學習詞表：未收

（19-3）wapaeselesu ki aneane ki babwi?

w-a-**pa-esele**-<u>su</u>　　　　　　ki　　aneane　　ki　　babwi
主動 - 實現 - 使動 - 射擊 - 你 . 主格　斜格　誰　　　斜格　山豬

你叫誰去射擊山豬？

19.4 saeselane 射擊的工具

名詞

工具名物化

學習詞表：未收

（19-4）kwini kwange ku saeselane ki babwi.

kwini　kwange　ku　**sa-esele-ane**　　　　ki　　babwi
那個　　槍　　斜格　工具 - 射擊 - 名物化　斜格　山豬

那個槍是用來射擊山豬的工具。

打

Farangaw 馬蘭阿美語

20. seti' 打

動作動詞附著詞根形；及物

論元結構：主事者名詞＋受事者名詞

學習詞表：序號 688、編號 26-08、26 肢體動作、中高級

20.1 miseti'ay 打

動作動詞主事焦點形；及物

論元結構：<u>主事者（主詞／主格）</u>＋受事者（受詞／斜格）

學習詞表：未收

（20-1）Miseti'ay kako tora waco.

mi-seti'-ay	kako	to-ra	waco
主事焦點-打-實現	我.主格	斜格-那	狗

是我打那隻狗。

20.2 maseti'an 打

動作動詞受事焦點；及物

論元結構：主事者（語意主詞／屬格）＋<u>受事者（語法主詞／主格）</u>

學習詞表：未收

（20-2）Maseti'an ako kora waco.

ma-seti'-an=ako		ko-ra	waco
受事焦點-打-處所施用＝我.屬格		主格-那	狗

那隻狗被我打。

20.3 sapiseti' 打

動作動詞參考焦點形；及物動詞

論元結構：主事者（語意主詞／屬格）+<u>工具（語法主詞／主格）</u>+受
事者名詞（受詞／斜格

學習詞表：未收

（20-3）Sapiseti' ako to waco kora awol.

sa-pi-seti'=ako		to	waco	<u>ko-ra</u>	awol
工具焦點 -PI- 打 = 我 . 屬格		斜格	狗	主格 - 那	竹子

這竹子是我要拿去打小狗用的。

20.4 papiseti'en 叫……打

使動動作動詞受事焦點形；及物

論元結構：使動者／唆使者（語意主詞／屬格）+<u>受動者／打的人（語
法主詞／主格）</u>+受役者／被打的（受詞／斜格）

學習詞表：未收

（20-4）Papiseti'en ni kaka kako tora waco.

pa-pi-seti'-en		ni	kaka	<u>kako</u>	to-ra	waco
使動 -PI- 打 - 受事焦點		屬格	哥哥	我 . 主格	斜格 - 那	狗

哥哥叫我去打那隻狗。

Squliq Atayal 賽考利克泰雅語

20. bihiy 打

動作動詞附著詞根形；及物

論元結構：主事者名詞＋受事者名詞

20.1 mihiy 打

動作動詞主事焦點形；及物

論元結構：主事者（主詞／主格）＋受事者（受詞／斜格）

學習詞表：序號 688 ／ 767、編號 26-08 ／ 26-87、分類 26 肢體動作、
中高級

（20-1）nyux saku' mihiy 'laqi maku'.

    nyux=saku'　　　　b<m>ihiy　　　　'laqi=maku'

    正在＝我 . 主格　＜主事焦點＞打　小孩＝我 . 屬格

    我正在打我小孩。

20.2 bhyun 打

動作動詞受事焦點；及物

論元結構：主事者（語意主詞／屬格）＋受事者（語法主詞／主格）

學習詞表：未收

（20-2）bhyun maku' balay qu 'laqi qasa la.

    bihiy-un=maku'　　　　balay　qu　'laqi　qasa　la

    打 - 受事焦點 . 我 . 屬格　真的　主格　小孩　那　啦

    我真的要打那個孩子啦！

20.3 bhyan 打

動作動詞處所焦點；及物

論元結構：主事者（語意主詞／屬格）＋受事者（語法主詞／主格）

學習詞表：未收

（20-3）wal maku' bhyan qu turu ni Tara.

wal=maku'　　**bihiy-an**　　qu　turu　ni　Tara

完成貌＝我.屬格　打-處所焦點　主格　背後　屬格　人名

我打背後的 Tara。

20.4 sbihiy 用……打

動作動詞參考焦點形；及物

論元結構：主事者（語意主詞／屬格）+<u>工具（語法主詞／主格）</u>+受
　　事者名詞（受詞／斜格）

學習詞表：未收

（20-4）sbihiy maku' 'laqi qasa qu qaraw kira.

s-bihiy=maku'　　　　'laqi　qasa　<u>qu</u>　qaraw　kira

參考焦點-打＝我.屬格　小孩　那　　主格　枝條　　之後

我之後用這枝條來打那個小孩。

Paiwan 排灣語

20. kelem 打（人）

動作動詞附著詞根形；及物

論元結構：主事者名詞＋受事者名詞

20.1 kemelem 打（東排、中排）／ penangul（南排）

動作動詞主事焦點形；及物

論元結構：<u>主事者（主詞／主格）</u>＋受事者（受詞／斜格）

學習詞表：序號 688、編號 26-08、分類 26 肢體動作、中高級

（20-1）na kemelem aken tjai muni.

na-k\elem=aken		tjai	muni
完成 -＜主事焦點 ＞- 打 = 主格 . 我		斜格	女名

我打 muni 了。

20.2 kinelem 被打

動作動詞完成貌（具受事焦點用法）；及物

論元結構：主事者（語意主詞／屬格）＋<u>受事者（語法主詞／主格）</u>

學習詞表：未收

（20-2）ku kinelem azua vavayan.

ku=k\<in>-elem	a	zua	vavayan
屬格 . 我 =＜完成 ＞- 打	主格	那	女生

我打了那個女孩。

20.3 kineleman 打的地方

動作動詞處所焦點形；及物

論元結構：主事者（語意主詞／屬格）＋受事者（受詞／斜格）＋<u>處所</u>
<u>／部位（語法主詞／主格）</u>

學習詞表：未收

（20-3）saketjuketju a djilj ni muni a ku kineleman.

saketju-ketju　a　<u>djilj　ni　muni</u>　a

痛 - 重疊　　主格　屁股　屬格　女名　連繫詞

ku=k<in>elem-an

屬格 . 我 =< 完成 > 打 - 處所焦點

muni 被我打的屁股正在隱隱作痛。

20.4 sikelem 用來打

動作動詞參考焦點形；及物

論元結構：主事者（語意主詞／屬格）+ 受事者名詞（受詞／斜格）+
工具（語法主詞／主格）

學習詞表：未收

（20-4）sikelekelem aicu a ricing tua caucau.

si-kele-kelem　　　<u>a　icu　a</u>　　　<u>ricing</u>　tua　caucau

參考焦點 - 重疊 - 打　主格　這　連繫詞　樹枝　斜格　人

這個樹枝是用來打人的。

Isbubukun Bunun 郡群布農語

20. ludah 打

動作動詞附著詞根形；及物

論元結構：主事者名詞 ＋ 受事者名詞

20.1 maludah 打

動作動詞主事焦點形；及物

論元結構：<u>主事者（主詞／主格）</u>＋ 受事者（受詞／斜格）

學習詞表：序號 688 ／ 767、編號 26-08 ／ 26-87、分類 26 肢體動作、
　　中高級

（20-1）maludah a uvaaz a mas asu.

ma-ludah	<u>a</u>	<u>uvaaz=a</u>	mas	asu
主事焦點 - 打	主格	孩子 = 指示詞	斜格	狗

孩子打狗。

20.2 ludahun 被打

動作動詞受事焦點形；及物

論元結構：主事者（語意主詞／屬格）＋ <u>受事者（語法主詞／主格）</u>

學習詞表：未收

（20-2）ludahun a Bavan mas Tahai cia.

ludah-un	<u>a</u>	<u>Bavan</u>	mas	Tahai=cia
打 - 受事焦點	主格	男名	斜格	男名 = 指示詞

Bavan 被 Tahai 打。

20.3 isludah 用……打

動作動詞參考焦點形；及物

論元結構：主事者（語意主詞／屬格）＋ 受事者名詞（受詞／斜格）＋

　　工具（語法主詞／主格）

學習詞表：未收

（20-3）na isludah ku lukis a mas asu.

　　　na=**is-ludah**=ku　　　　　　　　　　lukis=a　　　　mas　　asu

　　　非實現貌＝參考焦點 - 打＝我 . 屬格　藤條＝指示詞　斜格　狗

　　　我用那藤條打狗。

20.4 isluludah 球棒（用來打的工具）

名詞

參考焦點名物化

學習詞表：未收

（20-4）na isbaliv ku saia mas isluludah.

　　　na=is-baliv=ku　　　　　　　　　　saia　　mas

　　　非實現貌＝參考焦點 - 買＝我 . 屬格　　他　　斜格

　　　is-lu-ludah

　　　參考焦點 - 重疊 - 打

　　　我買球棒給他。

Vedai Rukai 霧台魯凱語

20. lrumay 打

動作動詞附著詞根形

論元結構：主事者名詞 + 受事者名詞

20.1 walrumay ／ lrilrumay 打

動作動詞主動態；及物

論元結構：主事者（主詞／主格）+ 受事者（受詞／斜格）

學習詞表：序號 688、編號 26-08、分類 26 肢體動作、中高級

（20-1）walrumay ka Balenge ki lalakeini.

w-a-lrumay	ka	Balenge	ki	lalake-ini
主動 - 實現 - 打	主格	女名	斜格	孩子 - 他 . 屬格

Balenge 有打她的孩子。

20.2 kialrumay ／ lrikilrumay 被打

動作動詞被動態；不及物

論元結構：主事者（語意主詞／斜格）+ 受事者（語法主詞／主格）

學習詞表：未收

（20-2）kialrumay ka lalakeini ki lasu.

ki-a-lrumay	ka	lalake-ini	ki	lasu
被動 - 實現 - 打	主格	孩子 - 他 . 屬格	斜格	他

他的孩子有被他打。

20.3 palrumay 使打

使動動作動詞主動態；及物

論元結構：使動者／教唆者（主詞／主格）+ 受動者／打人的（受詞／斜格）+ 受役者（受詞／斜格）

學習詞表：未收

（20-3）palrumaysu ki aneane ki agisu?

> **pa-lrumay-**<u>su</u>　　ki　aneane　ki　agi-su?
> 使動-打-你.主格　斜格　誰　　斜格　弟弟／妹妹-你.屬格
> 你使誰去打你的弟弟／妹妹呢？

20.4 malrumalrumay 互相打

動作動詞相互形；及物

論元結構：<u>主事者名詞（主詞）</u>

學習詞表：未收

（20-4）mabusuku la malrumalrumay ka lalasu.

> ma-busuku　la　**ma-lruma-lrumay**　<u>ka　　lalasu</u>
> 靜態-醉　而　MA-重疊-打　　主格　他們
> 他們都喝酒醉而打架。

參考書目

吳靜蘭 . 2018.《阿美語語法概論》。新北市：原住民族委員會。

唐耀明 . 2008.《魯凱霧台方言否定詞研究》。國立高雄師範大學碩士論文。

唐耀明 . 2019.〈霧臺魯凱語名物化〉。第五屆臺灣南島語沙龍論文。2017年 12 月 27 日。高雄市：國立高雄師範大學。

張秀絹 . 2000.《排灣語參考語法》。臺北市：遠流。

張秀絹 . 2018.《排灣語語法概論》。新北市：原住民族委員會。

黃美金、吳新生 . 2018.《泰雅語語法概論》。新北市：原住民族委員會。

黃慧娟、施朝凱 . 2018.《布農語語法概論》。新北市：原住民族委員會。

齊莉莎，2000，《魯凱語參考語法》。臺北市：遠流。

族語學習詞表 . 財團法人原住民族語言研究發展基金會。網址：https://www.ilrdf.org.tw/basic/?mode=detail&node=31

原住民族語言線上詞典 . 財團法人原住民族語言研究發展基金會。網址：https://e-dictionary.ilrdf.org.tw/